Arlo Morgenroth

GROßSTADTTRÄUMER

AF281371

Arlo Morgenroth

GROßSTADT TRÄUMER

Erscheinungsjahr 2024

© 2024 Arlo Morgenroth

Alle Rechte vorbehalten

ISBN(Taschenbuch): 978-3-7597-4262-9

ISBN(ebook): 978-3-7592-4824-4

Selbstverlag:

Arlo Morgenroth

c/o WirFinden.Es

Naß und Hellie GbR

Kirchgasse 19

65817 Eppstein

arlomorgenroth@gmx.de

Lektorat & Korrektorat:

Wendy Nikolaizik | www.wendynikolaizik.de

Klappentext: Wendy Nikolaizik

Coverdesign: Lisa Schneppe (Author2Go) | www.author2go.de

Buchsatz: misa bookdesign | www.misabookdesign.de

Verlag: BoD • Books on Demand GmbH, In de Tarpen 42,
22848 Norderstedt

Druck: Libri Plureos GmbH, Friedensallee 273, 22763
Hamburg

Für alle, die nicht daran glauben, dass es Menschen gibt,
die sie mögen. Ihr seid nicht allein.

Für mein zwölfjähriges Ich,
weil du so stolz auf dieses Buch wärst.

Und für R, weil all meine Geschichten dir gewidmet sind.

Hinweise zu den Seitenzahlen: Die Verzierungen neben den Seitenzahlen geben einen Hinweis darauf, aus welcher Perspektive die jeweilige Geschichte geschrieben ist.
Polaroid-Fotos. Miikas Perspektive
Musiknoten: Ricks Perspektive
Mischung aus beidem: Lees Perspektive

Inhaltshinweise: Die Geschichte beschäftigt sich unter anderem mit folgenden Themen: Depressionen (angedeutet), queerfeindliche Familie/Ablehnung auf Grund von Queerness

♫ Großstadtklänge ♪

Only Us – *Kygo, Haux*
Speak Easy – *Mansionair*
Falling Faster – *Dylan Espeseth*
Young, In Love & Depressed Af – *Call Me Karizma*
Remember Yesterday – *Postscript*
You're On Your Own, Kid – *Taylor Swift*
Don't Delete The Kisses – *Wolf Alice*
Scheissegal (Piano Version) – *KAFFKIEZ*
You're the Sea – *Andrew Belle*
Sparkly Socks – *Salt Tree*
QUEEN – *Todrick Hall*
Mr. Brightside – *The Killers*
Run – *Snow Patrol*
She Doesn't Mind – *OSIS*
Leben ist zu kurz um Angst zu haben – *makko*

Stimme der Nacht

Gitarren in der Dunkelheit. Eine raue, mir unbekannte Stimme, die mir ein wohliges Schaudern über den Rücken jagt. Sie ist tief und leise und löst eine endlose Sehnsucht in mir aus. Sehnsucht nach meinem Leben, wie es früher war. Nach Abenteuer und Aufregung. Nach spontanen Ausflügen und dem Wissen, nicht allein zu sein.

Die Worte sind kaum zu verstehen und ich bin zu verwirrt von den Erinnerungen, die vor meinem inneren Auge auftauchen, als dass ich mich hätte auf den Text konzentrieren können. Es klingt, als würde die singende Person leiden, als wäre sie ein gefangenes Tier, das seiner verlorenen Freiheit hinterhertrauert.

Langsam stehe ich auf, gehe durch mein Zimmer und schiebe die wehenden Vorhänge zur Seite, um in die Nacht hinauszuschauen. Draußen ist nicht viel zu sehen, nur die mir wohlbekannte Hauswand des Nachbargebäudes, das von unserem gerade Mal eineinhalb Meter entfernt ist. Vermutlich ist es dieser Spalt zwischen den Häusern, der die an mein Ohr dringende Stimme einfängt und verstärkt.

Ich schließe das Fenster, doch anstatt wie geplant schlafen zu gehen, verharre ich mit einer Hand am Fenstergriff. Die unbekannte Stimme dringt nicht länger an mein Ohr, aber die Sehnsucht in meinem Inneren bleibt bestehen. Obwohl ich morgen früh aufstehen muss, entscheide ich mich für einen nächtlichen Spaziergang. Ich will weg von diesem Ort, an dem ich mich auch nach zwei Jahren noch nicht richtig eingelebt habe.

Im Flur bemühe ich mich, leise zu sein, als ich in meine Schuhe schlüpfe und nach meiner Jacke greife, ehe ich ins Treppenhaus husche. Bevor ich die drei Stockwerke hinunterlaufen kann, erinnere ich mich an meinen Schlüssel und schiebe einen Fuß in die zufallende Tür. Ungeduldig schnappe ich mir den Schlüsselbund von seinem Haken und eile die Stufen hinab. Kurz habe ich Angst, dass ich stolpern könnte, doch im nächsten Augenblick ist es mir egal. Hauptsache, ich komme hier raus.

Ich trete hinaus in die laue Sommernacht und atme befreit den in der Luft hängenden Regengeruch ein. Um diese Uhrzeit sind nicht mehr viele Menschen unterwegs, doch im Hintergrund ist das ständige Rauschen der Stadtautobahn zu hören, das zu keiner Tages- und Nachtzeit je verschwindet.

Erleichtert stelle ich fest, dass die kratzige Stimme noch da ist. Da ich etwas erleben und meinem frustrierenden Alltag entfliehen will, folge ich ihr, anstatt ziellos durch die schummrige Dunkelheit zu trotten, die nur von spärlichen Straßenlaternen durchbrochen wird. Leise fluche ich vor mich hin, als ich über meine nur eilig zusammengebundenen Schnürsenkel stolpere und mich an einer Hauswand abstützen muss, um das Gleichgewicht nicht vollständig zu verlieren. Vor Schreck beiße ich mir auf die Zunge, weshalb sich eiserner Blutgeschmack in meinem Mund ausbreitet, als ich mich hinhocke und die Schuhe zubinde, ehe ich mich wieder auf den Weg mache. Stumm husche ich von Lichtkegel zu Lichtkegel, lasse mich von der Stimme leiten und vertraue darauf, dass sie mich nicht in die Irre führen wird.

Eilig gehe ich am Park vorbei, dessen Spielplatz mir durch das Babysitten des Nachbarskindes wohlbekannt ist und von dem das Gegröle betrunkener Jugendlicher zu mir herüberschallt, kreuze eine wenig befahrene Straße und trete in die nächste Häuserschlucht. Hier ist ebenfalls nicht viel los, das Licht ist dämmrig und die herumstehenden Autos werfen beklemmende Schatten. Wäre da nicht diese Stimme, würde ich auf dem Absatz kehrtmachen und mir einen anderen Ort für meinen nächtlichen Ausflug suchen.

Für einen Moment verstummt die Quelle meiner Sehnsucht, sodass ich mir meiner Umgebung bewusst werde. Die Dunkelheit macht mir Angst und es fühlt sich so an, als würden kaum wahrnehmbare Schemen zwischen den schwarzen Hauseingängen hin und her huschen. Ich werde langsamer, lasse meinen Blick über die Gebäude wandern und überlege schon, ob ich umkehren soll, als die Stimme wieder einsetzt. Ein anderes Lied, eine andere Stimmlage – doch immer noch der gleiche wehmütige Klang, dem ich mich zutiefst verbunden fühle. Die Musik schwebt wie ein leuchtend dunkelblaues Band vor meinen Augen und leitet mich durch die Gassen und Straßen. Ich kann nicht anders, ich muss dieser Melodie folgen. Meine Füße tragen mich durch die Dunkelheit, ohne dass ich etwas dafür tun muss.

Vor einem sechsstöckigen Haus bleibe ich stehen. Es ist eins dieser typischen Innenstadthäuser, die sich hier aneinanderreihen und ihre besten Tage längst hinter sich gelassen haben, wie mir feine Risse in der Hauswand und hingeschmierte Graffitis zeigen. Früher fand ich die Vorstellung, in einem solchen Haus zu leben und jederzeit auf dem Flachdach sitzen zu können, faszinierend. Nun schaue ich an der schlichten, schmucklosen Fassade entlang und bin mir sicher, dass ich auf dem Dach den Auslöser für meine plötzliche Sehnsucht nach Bewegung und Abenteuer finden werde.

Ich muss dort hinauf.

Suchend schaue ich mich um und hoffe, dass ich eine Feuertreppe finde. Ich seufze, als ich zwar einen Fluchtweg an der Hauswand entdecke, dieser allerdings eine schmale Feuerleiter ist. Obwohl ich nicht schwindelfrei bin, erklimme ich die Sprossen. In mir lauert das drängende Gefühl, dass es nur diese eine Chance gibt. Wenn ich nicht für ein paar Minuten die Zähne zusammenbeiße, werde ich es bereuen. Zwar gibt es noch andere Möglichkeiten, spontan etwas Aufregendes zu erleben, doch gerade will ich nichts lieber, als den Ursprung dieser rauen Stimme ausfindig zu machen.

Meine Knie zittern und ich klammere mich an dem

 12

kühlen Metall der Leiter fest, versuche, tief durchzuatmen und mich lediglich auf die vor mir liegende Sprosse zu konzentrieren.

Mit einem flauen Gefühl im Magen und Stolz in der Brust erreiche ich die Dachkante. Hier oben ist es dunkel, der Schein der Straßenlaternen reicht nicht aus, um auch die Dächer der Stadt in warmes Licht zu tauchen. Ich erkenne zwei Schornsteine und einige Aufbauten, bei denen es sich vermutlich um Lüftungsanlagen handelt, die von Kerzen erhellt werden. Angeordnet in einem großen Halbkreis umrunden sie mehrere am Boden liegende Kissen und strahlen ein unruhiges Flackern aus, das mich an glückliche Tage meiner Kindheit erinnert.

Und auf den Kissen – ein Mensch mit Gitarre, der mir den Rücken zuwendet und mir mit seiner Stimme Tränen in die Augen treibt.

Unsicher, wie es weitergehen soll, bleibe ich stehen. Bis hierher war alles klar, doch nun ist es weg, das dunkelblaue Band, das mich durch die Dunkelheit geleitet hat.

Bevor ich eine Entscheidung treffen kann, verklingen die Töne der Gitarre und hinterlassen eine tiefe, bodenlose Leere in mir.

»Du kannst dich zu mir setzen, wenn du magst.«

Die rauen Worte jagen mir ein Zittern über den Rücken. Ich bin mir nicht sicher, wodurch ich meine Anwesenheit verraten habe, doch es lohnt sich nicht, darüber nachzudenken, wenn ich stattdessen auch die wenigen Meter überwinden und mich im Kerzenschein niederlassen kann.

»Danke«, sage ich, als ich mich auf eins der Kissen setze. Dabei bin ich mir nicht sicher, ob ich mich für das Angebot, die Musik oder die Emotionen bedanke. Vermutlich für alles zusammen.

»Ich bin Rick und benutze er/ihn als Pronomen. Und du?«, durchbricht er die Stille, die sich über uns gelegt hat.

Bislang habe ich reglos auf meine schmutzigen Schuhe gestarrt, nun drehe ich den Kopf und schaue mir meinen Sitznachbarn genauer an.

Unter der Kapuze seines Pullovers schauen glatte dunkle Haare hervor, die ihm bis unter die Ohrläppchen gehen und sein Gesicht einrahmen. Ricks Gestalt ist zierlich, doch seine langen Beine lassen erahnen, dass er größer ist als ich. Mehr lässt sich auf die Schnelle in der Dunkelheit nicht ausmachen, aber das stört mich nicht. Er ist zweifellos der Besitzer der unverkennbaren Stimme, der ich durch die Nacht gefolgt bin, und das genügt, um ihn sympathisch zu finden und mein Interesse zu wecken.

»Ich bin Miika und benutze auch er/ihn als Pronomen.«

Rick wendet den Kopf in meine Richtung und schenkt mir ein Lächeln. »Was treibt dich so spät am Abend auf mein Dach, Miika?«

Ich wünsche mir, dass er niemals schweigt, er soll immer weiter sprechen, seine Stimme soll immer und immer wieder in meine Ohren dringen und nie mehr aus meinem Leben verschwinden. Ich kann mir nicht vorstellen, je genug von dieser rauen Härte zu haben, die nicht zu seiner zierlichen Gestalt und dem warmen Lächeln passt. Zu gern würde ich die Farbe seiner Augen sowie den darin liegenden Ausdruck betrachten, doch dieser Teil seines Gesichts liegt im Schatten der Kapuze verborgen.

»Du«, wispere ich und würde am liebsten meine Hand ausstrecken und seine Wange berühren. Ich will wissen, ob seine Haut so kratzig wie seine Stimme oder so weich wie sein Lächeln ist. Ich will wissen, ob mich seine Berührung genauso ergreift und aufwühlt, wie es seine Worte tun. »Du treibst mich so spät am Abend auf dein Dach.«

Wärme steigt mir in die Wangen und ich räuspere mich. »Ich wohne ein paar Häuser weiter und habe dich singen und spielen gehört«, erkläre ich verlegen.

»Und da hast du beschlossen, meiner Stimme zu folgen?«

Still nicke ich, verhake meinen Blick mit seinem, lasse ihn nicht los.

In aller Ruhe betrachtet Rick mich, ehe sich seine Mundwinkel zu einem Lächeln heben, er den Kopf nach vorn dreht und den Blick auf die Gitarre in seinem Schoß senkt. Seine Finger zupfen an den Saiten, zunächst vorsichtig und zart, dann werden seine Griffe fester.

Kaum öffnet er den Mund und formt die Töne zu Silben, die ihm zusammengesetzt zu Worten über die Lippen gleiten, stehen mir Tränen in den Augen. Sie lassen sich nicht aufhalten, rollen mir lautlos über die Wangen, stoßen an meine Nase und tropfen schließlich von meinem Kinn hinab auf meine Jacke, die ich daraufhin schließe. Mir ist nicht kalt und doch schmiege ich mich in die Wärme des Kleidungsstückes, fühle mich geborgen und wohl.

Seine Worte sind leise, fragend. Ich begreife nicht, wie ein Bruchstück dieser Sätze den Weg bis in mein Ohr finden konnte, und bin doch unendlich froh, dass sie es haben. Keine Ahnung, ob es sich bei seinem Text um ein bekanntes Lied handelt oder ob er sich die Zeilen eben erst ausgedacht hat. Es ist mir egal, dass es sich nicht reimt, dass die Strophen nicht sauber aufeinander aufbauen, und es spielt keine Rolle, dass sein Englisch nicht korrekt ist, denn seine Stimme trifft den verborgensten Punkt meines Herzens.

Die Tränen nehmen kein Ende, während ich seine Worte in mich aufnehme und ihre Bedeutung mit jeder Faser meines Körpers einsauge. Ich störe mich nicht an der warmen Nässe auf meiner Haut, an der Dunkelheit oder an unserer Fremdheit.

In diesem Moment gibt es niemanden, der mir näher ist als Rick.

Je länger er singt, desto weniger verloren klingt seine Stimme. Stattdessen schwingt eine Kraft in ihr mit, eine unbändige Energie, die sich mit jeder Silbe auf mich überträgt. Die mich nach Atem ringen und gleichzeitig lachen lässt.

Heiße Tränen auf den Wangen und ein ehrliches Lachen in der Brust – gibt es eine bessere Kombination?

Obwohl ich mir wünsche, dass seine Stimme nie wieder verstummt, verklingen irgendwann seine Worte und wenig später die Gitarre.

 16

Schweigend sitzen wir nebeneinander, umhüllt von der Dunkelheit, auf dem Dach eines Gebäudes, das ich nie zuvor beachtet habe.

»Willst du hierbleiben? Es soll heute Nacht nicht regnen und wir könnten unter freiem Himmel schlafen.«

Über meine Antwort muss ich nicht nachdenken, ich kenne sie schon, bevor er seine Lippen wieder schließt. Seinem Lächeln nach zu urteilen, geht es ihm genauso.

Und so schlafe ich auf einem Dach mitten in der Stadt neben einem Menschen ein, von dem ich lediglich den Namen und die Stimme kenne.

Ich weiß, dass dies der Ort ist, an den ich gehöre.

Als ich am nächsten Morgen aufwache, liegt Rick nicht neben mir. Fröstelnd richte ich mich auf und schlinge die dünne Decke fester um meine Schultern. Er hat recht behalten und es hat nicht geregnet, doch ich habe unterschätzt, wie kalt eine Sommernacht sein kann.

Um unseren Schlafplatz herum liegen die Reste der heruntergebrannten Kerzen und neben den vielen Kissen entdecke ich einen geöffneten Gitarrenkoffer.

Gähnend reibe ich mir die Augen. Rick sitzt am Rand des Daches, die Gitarre auf dem Schoß lässt er die Beine über die Dachkante hängen, während er an den Saiten zupft. So sanft und vorsichtig, dass ein zarter Ton entsteht, der nur für einen Augenblick an mein Ohr dringt, ehe er in der erwachenden Großstadt verhallt, sich zwischen hupenden Autos und quietschenden Bremsen, bellenden Hunden und schreienden Kindern verliert.

Ich stehe auf, strecke meine verspannten Glieder und tapse die wenigen Schritte zu Rick. Beim Blick in den Abgrund der Straßenschlucht wird mir flau im Magen, ich zucke zurück und lasse mich schräg hinter Rick nieder, dessen dunkelblaue Haare verstrubbelt von seinem Kopf abstehen.

»Höhenangst?«, fragt er und sofort sind sie wieder da, die Gänsehaut auf den Armen und das Kribbeln im Bauch. Seine Stimme hat nichts von der Anziehung vergangener Nacht verloren. Noch immer lässt sie mein Inneres beben und den Wunsch in mir brennen, von ihm berührt zu werden.

Wärme steigt mir in die Wangen und ich frage mich, ob ihm bewusst ist, was er mit mir anstellt. Ob er weiß, dass ich am liebsten die Arme um ihn schlingen und ihn an mich ziehen würde. Mein Gesicht an seinen Hals lehnen und unsere Finger miteinander verflechten. Meine Lippen auf seine legen und seine Hände in meinen Haaren spüren.

Räuspernd versuche ich, mich auf die gestellte Frage zu konzentrieren.

»Ich habe keine Angst vor der Höhe, aber ich bin nicht schwindelfrei.« *Schon gar nicht, wenn du neben mir sitzt. Wenn du mir mit dieser rauen Stimme Fragen stellst. Wenn deine blauen Haare dir ins Gesicht fallen und in mir das Bedürfnis wecken, sie dir aus den Augen zu streichen, um hinterher meine Hand an deine Haut zu schmiegen.*

»Wie bist du hier hoch gekommen?«

»Feuerleiter«, antworte ich knapp und deute auf die obersten Sprossen, die nur ein paar Schritte neben ihm zu sehen sind.

Als Rick sich über den Rand des Daches lehnt, muss ich mich zurückhalten, um ihn nicht panisch zurückzureißen. Hat er keine Angst, hinunterzustürzen? Oder seine Gitarre in die Tiefe fallen zu lassen?

»Respekt. Und wie hast du vor, wieder herunterzukommen?«

»Gar nicht?« Schon beim bloßen Gedanken an den Abstieg wird mir schwindelig.

Rick dreht sich zu mir und betrachtet mich aufmerksam. Stück für Stück wandern seine Mundwinkel in die Höhe, lassen mich im Unklaren darüber, ob er mich auslacht oder ihm meine Antwort gefällt.

Was es auch ist, es interessiert mich nicht, da ich viel zu gebannt von dem dunklen Leuchten seines Blickes bin. Ein tiefes, bodenloses Braun, das reiner als alles ist, was ich jemals zuvor gesehen habe.

Zartbitterschokolade, schießt es mir durch den Kopf, *seine Augen erinnern mich an Zartbitterschokolade.*

Auf seinen Wangen und der Nase leuchten eine Vielzahl an Sommersprossen, die dem verwegenen Ausdruck seiner Augen entgegenwirken und mich an Sommerabende auf blühenden Löwenzahnwiesen und Pusteblumen im Herbst erinnern.

»Komm mit«, fordert Rick mich auf, erhebt sich und reicht mir eine Hand, um mir hoch zu helfen. Er lässt mich nicht los, zieht mich hinter sich her. Zurück zu den Kissen, auf denen wir die Nacht verbracht haben.

Sein Griff ist fest und vertraut und sicher, bringt das bislang stumme Orchester in meinem Bauch zum Spielen, was mich mit kindlichem Staunen und stechender Begierde zugleich erfüllt.

Bedauern breitet sich in mir aus, als Rick unsere Finger voneinander löst. Mit flinken Bewegungen umhüllt er seine Gitarre mit der dünnen Decke, die er zum Schlafen benutzt hat, bevor er sie in ihren Koffer legt und diesen zuklappt. Die Kissen verstaut er in einem kleinen Holzverschlag, den er mit einer klirrenden Sicherheitskette verschließt.

»Du hast meine Decke vergessen«, bemerke ich und will den weichen Stoff von den Schultern nehmen, doch Rick schüttelt den Kopf.

»Die schenke ich dir.«

Anstatt zu protestieren, bin ich froh etwas zu haben, das mich an diese Nacht und unsere Begegnung erinnern wird.

»Komm«, sagt er, wuchtet den Gitarrenkoffer auf seine schmalen Schultern und streckt mir seine Hand entgegen. Es beruhigt mich, dass er den Koffer mitnimmt, da ich mir nicht vorstellen kann, dass er mit diesem den Abstieg über die Feuerleiter in Betracht zieht.

Lauter als beabsichtigt atme ich ein, als Rick seine Finger zwischen meine schiebt. Wieder kriecht mir Hitze in die Wangen und meine Hände werden feucht. Verlegen werfe ich Rick einen Blick zu, doch der grinst nur und schaut nach vorn. Zielsicher führt er mich zum anderen Ende des Daches, an das sich ein weiteres, ungefähr einen Meter tieferliegendes Flachdach anschließt.

Rick lässt den Gitarrenkoffer von seinen Schultern gleiten und setzt sich an die Dachkante. Um die Hände frei zu haben, binde ich mir die Decke um den Hals, ehe ich es Rick gleichtue. Wir springen hinunter, er nimmt den Koffer und weiter geht es. Erneut verschränkt er unsere Hände miteinander, wobei ein Beben durch meinen Körper läuft. Seine Haut ist weich und rau zugleich, zart und doch ans Anpacken gewöhnt. Ich spüre Schwielen an seinen Fingerspitzen und vermute, dass sie vom Gitarre spielen kommen.

Langsam überqueren wir das Dach und kommen zu einem niedrigeren, das im Gegensatz zu den vorherigen kein Flachdach ist, sondern sanft nach unten in Richtung Straße abfällt. Erschrocken trete ich einen Schritt zurück, während Rick den Höhenunterschied überwindet.

»Am Ende des Daches befindet sich ein Balkon, auf den man problemlos hinunterklettern kann. Es ist vollkommen sicher, ich bin hier schon hunderte Male hinuntergestiegen.« Lächelnd schaut Rick zu mir nach oben und versucht, mich zu überzeugen, ihm zu folgen.

Ich schließe die Augen, atme mehrmals tief durch und versuche, das Zittern meiner Hände unter Kontrolle zu bekommen. Obwohl seine Worte mich nicht beruhigen, nicke ich, überwinde die Dachkante und gehe neben ihm über die Schräge. Das Herz schlägt mir bis zum Hals und ich umklammere Ricks Finger, während ich darauf achte, keine unüberlegte Bewegung zu machen. Im Stillen danke ich ihm dafür, dass er sich nicht über meine Angst lustig macht, sondern sich meinem schleichenden Tempo anpasst.

Viel zu schnell kommen wir dem Ende des Daches entgegen. *Ein falscher Schritt und das war es mit dir und deinem Leben,* denke ich und bin froh, nicht allein zu sein.

»Vertrau mir, Miika«, murmelt Rick beruhigend, streicht über meinen Handrücken und löst damit eine Welle des Begehrens in mir aus.

Niemand spricht meinen Namen so aus wie er.

Niemandem würde ich nach einer einzigen Nacht so viel Vertrauen entgegenbringen.

Niemandem, außer ihm. Diesem blauhaarigen jungen Menschen mit den Zartbitteraugen.

»Ich gehe vor, okay?«, fragt er, als wir die Kante erreichen.

Nickend wage ich einen Blick nach unten und stelle erleichtert fest, dass er nicht gelogen hat. Wir befinden uns über einem Balkon, auf dem ein massiver Holztisch steht. Der Abstand zwischen uns und dem Tisch ist nur geringfügig größer als die vorherigen zwischen den Dächern. Selbst wenn einer von uns das Gleichgewicht verlieren und hinunterstürzen würde, kämen wir mit ein paar Prellungen und blauen Flecken davon.

Rick geht in die Hocke und stellt den Gitarrenkoffer auf den Tisch, ehe er gekonnt hinterher springt und für einen winzigen Augenblick sein Gewicht ausbalanciert, bevor er auf dem Balkon steht.

»Warte kurz, ich bringe nur schnell die Gitarre rein.«

 22

Er greift nach dem Koffer, wirft mir ein aufmunterndes Lächeln zu und verschwindet aus meinem Blickfeld. Wenige Sekunden später taucht er mit leeren Händen wieder auf, steigt auf den Tisch und streckt mir die Arme entgegen.

»Und jetzt du«, fordert er mich auf, weshalb ich mich seufzend hinsetze und die Beine in der Luft baumeln lasse. Rick umfasst meine Unterschenkel und übt sanften Druck aus. Zentimeter für Zentimeter, ganz langsam, rutsche ich auf ihn zu. Mein Herz rast, wegen der Höhe, wegen seiner Berührung, wegen der Tatsache, dass ich irgendeinem fremden Menschen auf den Balkon eines mir unbekannten Hauses folge. Und doch zweifle ich keinen Moment daran, dass ich das Richtige tue.

Ich verkneife mir ein erleichtertes Keuchen, als ich in Ricks Armen heil auf dem Tisch ankomme und mich nur ein kleiner Sprung vom festen Untergrund des Balkons trennt.

Ricks Berührungen brennen auf meiner Haut. Seine Hände sind unter die um meine Schultern hängende Decke gerutscht, ruhen an meiner Hüfte und halten mich, als wolle er sichergehen, dass meine zitternden Beine mich wirklich tragen. Obwohl unsere Haut durch mehrere Lagen Stoff voneinander getrennt ist, spüre ich seine Wärme.

Mit Sicherheit ahnt er, was er in mir auslöst, als er eine Hand von meiner Hüfte löst und sie an meine Wange legt. Er lächelt, als ein Schaudern meinen Körper durchläuft und ich mich gegen ihn lehne. Mit der zarten Berührung seiner Fingerspitzen fährt er die Konturen meines Kiefers entlang, streicht über die stoppelige Haut und unterbricht unseren Blickkontakt keine Sekunde lang.

»Ich stehe nicht so auf Berührungen, aber es gefällt mir, dich durcheinanderzubringen«, wispert er, als seine Finger an meinem Ohr ankommen und vorsichtig den filigranen Ring in diesem streifen.

»Wie genau meinst du das?«, frage ich und schlucke schwer, als seine Finger von meinem Ohr ablassen und zu meinem Hals wandern, über den Adamsapfel streichen und eine heiße Spur auf meiner Haut hinterlassen.

»Ich werde nicht gern berührt, mag das Gefühl anderer Haut auf meiner nicht. Deine Hand zu halten und im Gehen hin und wieder deinen Arm zu streifen, war aufregend und elektrisierend, doch alles darüber hinaus ist mir zu viel. Kein Streicheln, keine Küsse, kein Blowjob, kein Sex. Ich verspüre eine tiefe Abneigung gegen alles, bei dem mein Körper von anderen Menschen angefasst wird.«

»Also ist dieser Moment hier gerade so ziemlich der Horror für dich?«, hake ich nach und bin etwas enttäuscht davon, dass ich seine Lippen nicht auf meinen spüren werde. Dass ich ihn nicht an mich ziehen und seinen Körper nicht mit meinen Händen erkunden werde.

»Das habe ich nicht gesagt. Ich berühre dich, nicht umgekehrt. Darf ich?« Als ich nicke, beugt er sich nach vorn und küsst meinen Hals, meinen Kiefer, mein Kinn.

Mein Körper zittert unter den auf ihn einprasselnden Empfindungen, mein Herz rast und pumpt das Blut schneller als gewöhnlich durch meine Adern.

 24

Als Rick seine Lippen von meiner Haut löst, grinst er. »Solang du deine Hände bei dir behältst, kann ich dich am ganzen Körper berühren, ohne dass es mich stört.«

Bei seinen Worten verschlucke ich mich und huste, während sich das Blut in meinen Wangen sammelt. »War das eine Feststellung oder ein Angebot?«, frage ich mit heiserer Stimme und bin mir nicht ganz im Klaren darüber, wie ich mit dieser Situation umgehen soll.

Laut lacht er und lässt seine Finger über meine Lippen wandern. »Eigentlich war es eine Feststellung, aber es kann auch ein Angebot sein, wenn du möchtest.«

Seine Augen schauen mich fragend und neugierig zugleich an. Ich senke den Blick auf meine zitternden Hände, um ihn nicht trotz seiner Worte an mich zu ziehen und zu küssen. Mein Herzschlag pocht in meinem Hals und meine Arme sind von einer feinen Gänsehaut überzogen.

»Passt schon«, murmele ich und werde mir unseres Aufenthaltsortes bewusst. Noch immer habe ich keinen Fuß vom Tisch genommen und ich stelle mir unwillkürlich die Frage, ob uns nicht irgendwer im Inneren des Hauses die ganze Zeit beobachtet hat. Mein Blick schweift zu den beiden Türen, die sich an den jeweiligen Enden des Balkons befinden. Vor der einen hängen geschlossene Jalousien und die andere führt geöffnet direkt in ein dunkles, menschenleeres Zimmer.

Rick folgt meinem Blick, ehe er seine Finger endgültig von meiner Haut löst und grazil auf den Balkon springt.

»Hast du Hunger?«

25

Ja, aber keinen, den man durch Essen stillen kann, denke ich und bin froh, dass er nicht in meinen Kopf schauen kann.

»Ich kann dich auch direkt zur Tür bringen. Das war doch das Ziel dieser Aktion, oder nicht? Dass du nicht die Feuerleiter nach unten klettern musst?«

Ehrlich gesagt habe ich vergessen, was unser Ziel war. Mein Kopf hat sich in dem Moment ausgeschaltet, in dem er seine Hand in meine geschoben, unsere Finger das erste Mal miteinander verschränkt und mich hinter sich hergezogen hat.

»Du kannst natürlich auch weiter auf dem Tisch stehenbleiben, wenn es dir dort so gut gefällt«, neckt er mich, als ich nach einigen Sekunden noch immer nicht geantwortet habe.

Vor Scham würde ich am liebsten im Erdboden versinken. Was soll ich sagen? *Ich habe keinen Hunger, würde aber trotzdem gern mehr Zeit mit dir verbringen? Eigentlich knurrt mein Magen, doch vor Aufregung würde ich keinen Bissen hinunterbekommen, solang du neben mir stehst?*

»Lass dir Zeit mit deiner Entscheidung. Ich hole jedenfalls etwas zu essen. Wenn du bleiben möchtest, kannst du in meinem Zimmer auf mich warten.« Rick deutet auf die offenstehende Tür. »Falls du lieber unbemerkt verschwinden willst, dann könntest du das machen, sobald ich in der Küche bin. Um diese Uhrzeit ist außer mir niemand wach und die Wohnungstür am Ende des Flures mit den ganzen Jacken ist kaum zu verfehlen.« Mit einem Lächeln verschwindet er im Inneren der Wohnung und lässt mich verzweifelt zurück.

Ist es klüger, die Magie der Nacht bestehen zu lassen und jetzt zu gehen? Ich würde die vergangenen Stunden als diejenigen in Erinnerung behalten, in denen ich einer fremden Stimme auf ein Dach gefolgt bin. In denen ich im Kerzenschein einem mir unbekannten Menschen beim Gitarre spielen zugesehen habe. In denen ich unter freiem Himmel, nur in eine dünne Decke gekuschelt, geschlafen habe.

Oder ist es absurd, nicht zu bleiben? Was würde sich zwischen Rick und mir ergeben? Würden wir gemeinsam frühstücken, nur um hinterher getrennte Wege zu gehen? Würden wir uns öfter sehen, uns vielleicht ineinander verlieben? Ist es mir möglich, eine Beziehung mit jemandem zu führen, der Berührungen voller Abneigung gegenübersteht?

»Du hast Angst, nicht wahr?«, erkundigt sich Rick mit zur Seite geneigtem Kopf, als er mit einer Packung Müsli und einem Tetrapack Hafermilch zurückkommt und ich mich noch immer nicht von der Stelle gerührt habe. Je länger ich auf diesem Tisch stehe, umso weniger scheine ich mich aus meiner Starre lösen zu können.

Lächelnd steht Rick vor mir und streckt mir eine Hand entgegen.

»Komm her, Miika«, fordert er mich leise auf.

Meine Füße gehorchen ohne mein Zutun.

»Du hast Angst, da du nicht weißt, was sich aus unserer Begegnung ergeben könnte. Wenn du gehst, wirfst du vielleicht etwas weg, das der Anfang von etwas Großem sein könnte. Wenn du bleibst, besteht die Möglichkeit, verletzt zu werden. Du stehst zwischen zwei

Stühlen und würdest dich am liebsten auf beide und keinen zugleich setzen.«

Es ist keine Frage; Rick scheint genau zu wissen, wie es in meinem Inneren aussieht. Ohne etwas zu sagen, lass ich meine Hand in seiner liegen, und obwohl wir nun vor dem Tisch stehen, habe ich das Gefühl, mich noch immer keinen Millimeter bewegt zu haben.

In seiner Anwesenheit fühle ich mich wie gelähmt und kann nicht begreifen, wie ich überhaupt hierhergekommen bin. Vor vierundzwanzig Stunden hat ein ganz normaler Tag begonnen und nun bin ich hier, auf einem Balkon mit einem Menschen, der mein Innerstes auf eine Weise aufwühlt, die mir bislang unbekannt war. Einem Menschen, den ich unbedingt berühren will, der genau das aber nicht mag.

»Ich weiß nicht, ob es dir hilft, Miika, aber ich würde dich gern kennenlernen. Es gefällt mir, dass du meiner Stimme gefolgt bist und dich nicht einmal von einer klapprigen Feuerleiter hast abhalten lassen. Ich habe keine Ahnung, wer du bist, aber du imponierst mir. Und falls es dich beruhigt: Ich gehe genau dieselbe Unsicherheit ein. Ich kenne dich und deine Absichten nicht. Ich weiß nicht, ob du mir nicht etwas vorspielst und nur auf den perfekten Moment wartest, um mich umzubringen.«

Er grinst und spätestens bei diesem Grinsen weiß ich, dass ich keine Wahl habe. *Entweder lebe ich mein Leben genauso beschissen wie bisher weiter oder ich entscheide mich für etwas Aufregendes und Intensives.* Wer würde bei diesen Optionen die erste wählen?

 28

Rick nimmt mein Schweigen zum Anlass, um seinen Worten noch mehr hinzuzufügen. »Und obwohl es dich nichts angeht und wir uns wie gesagt nicht kennen, sollst du wissen, dass ich genauso lieben kann wie die meisten Menschen. Berührungen schrecken mich ab, aber lieben kann ich trotzdem.«

Seine Stimme ist leise und vorsichtig, in ihr schwingt nicht länger diese neckische Selbstsicherheit mit, die mich schon die ganze Zeit sprachlos macht. Mir wird bewusst, dass er ebenso ein Mensch ist wie ich, geprägt von Unsicherheit und der Furcht vor dem Unbekannten.

»Ich habe genauso große Angst verletzt zu werden wie du, Miika. Aber ich würde das Risiko gern eingehen.«

Gequält verziehe ich das Gesicht. »Ich würde dich unfassbar gern an mich ziehen und dich küssen und weiß nicht, wie ich Zuneigung ohne Berührungen zeigen soll«, erkläre ich heiser.

Ein breites Lächeln wischt den Ernst aus seinem Blick. »Wie gesagt, ich mag fremde Haut auf meiner nicht. Solang wir angezogen sind, habe ich mit Umarmungen zum Beispiel kein Problem, falls dir das hilft.«

Erwartungsvoll schaut er mich an, scheint jede winzigkleine Regung meinerseits zu registrieren. Meine Anspannung löst sich ein wenig und ich seufze ergeben, während sich ein aufgeregtes Kribbeln in meinem Magen ausbreitet.

»Okay, Rick. Lass uns herausfinden, was ein spontaner nächtlicher Ausflug für langwierige Folgen haben kann«, flüstere ich.

Lachend stellt er das Müsli und die Milch auf den Tisch, ehe er die Arme um meinen Oberkörper legt und sich an mich schmiegt.

»Nichts lieber als das, Miika.«

Wolkenmeer

»Noch eine Kurve, dann hast du es geschafft!«, ruft Rick mir von dem Felsen zu, auf dem er sitzt. Während ich dem Schotterweg folge, hat er die Abkürzung den Berghang hinauf genommen und wartet nun, dass ich zu ihm aufschließe.

Schnaufend setze ich meinen Weg fort. Die Sonne prallt auf meinen Kopf und blendet mich, weshalb ich mich ärgere, weder Sonnenbrille noch Hut eingepackt zu haben.

Rick und ich kennen uns seit vier Wochen – die sich eher wie vier Monate anfühlen. Alle paar Tage sehen wir einander und unternehmen Streifzüge durch die Stadt und die umliegenden Wälder. Als er mich vorgestern gefragt hat, ob ich mit zum Wandern in die Berge kommen will, habe ich ohne lang zu überlegen zugestimmt – obwohl ich wandern hasse, sobald es bergauf geht. *So schlimm kann es ja nicht werden*, habe ich mir gedacht, was ich in diesem Moment zutiefst bereue. Verschwitzt, müde und mit schmerzenden Beinen ist das Einzige, was mich zum Weiterlaufen motiviert, Ricks Begeisterung für unsere Umgebung. Für all die verschiedenen Pflanzen und halbverwucherten Trampelpfade.

Kaum habe ich die nächste Kurve umrundet, setze ich zu einer sarkastischen Antwort an – doch es verschlägt mir die Sprache. Vor mir erstreckt sich ein Wolkenmeer.

Überrascht bleibe ich stehen, hole keuchend Luft und weiß nicht, wie ich meinem Erstaunen angemessen Ausdruck verleihen soll.

Wolkenmeer.

Bislang dachte ich immer, dass es sich bei diesem Wort um eine Sprachwendung handelt, deren Ursprung nicht mehr rückverfolgt werden kann. Aber fuck, es gibt keinen anderen Begriff, um den vor uns liegenden Ausblick zu beschreiben. Wir befinden uns irgendwo im Nirgendwo auf einem Berg – und um uns herum schauen die Gipfel weiterer Bergzüge aus dem Meer aus Wolken hervor. Hinter mir beschweren sich Wandernde, dass sie extra wegen der Aussicht hergekommen sind und jetzt nichts außer Wolkenmassen zu sehen bekommen, doch ich kann ihren Ärger nicht nachvollziehen.

»Es sieht toll aus, nicht wahr?«

Ich habe nicht mitbekommen, dass Rick von seinem Felsen geklettert ist, aber jetzt steht er neben mir, seine Stimme voller Ehrfurcht.

»Es ist extrem schön«, bestätige ich leise.

»Du hast erwähnt, dass du das Meer vermisst«, sagt Rick, und mir fällt auf, dass er seine Stimme dämpft, als wolle er verhindern, dass die anderen Wandernden etwas von unserem Gespräch mitbekommen. »Es ist zwar kein Wasser und du kannst das Wellenrauschen nicht genießen, aber ich dachte mir, dass es dir trotzdem gefallen könnte.«

»Das tut es.« Ich liebe es, obwohl ich den Weg hierher echt gehasst habe. In mir kribbelt es vor Freude, als ich realisiere, wie intensiv Rick mir in den vergangenen

Wochen zugehört hat und wie gut wir einander kennengelernt haben. »Danke, dass du mich zum Mitkommen überredet hast.«

Das entlockt ihm ein Kichern. »Habe ich nicht. Du hast sofort zugesagt, als ich dich gefragt habe.«

»Dann eben danke dafür, dass du cool genug bist, dass ich mit dir wandern gehe, obwohl ich es hasse«, kontere ich und knuffe ihn in die Seite.

Lachend schüttelt er den Kopf. »Wenn du unbedingt jemandem danken willst, dann dir selbst, Miika. Du hast beschlossen, mich zu mögen.«

»Aber –«, setze ich zum Widerspruch an, doch Rick unterbricht mich, indem er seine Arme von der Seite um mich schlingt. So fest, dass ich die Umarmung nicht erwidern kann.

Grummelnd, aber mit einem breiten Lächeln auf den Lippen, lehne ich mich an ihn und genieße den Anblick des Wolkenmeers zu unseren Füßen. Neben uns streiten sich zwei Jugendliche darüber, in welche Richtung sie laufen müssen, hinter uns bellen Hunde und irgendwo weint ein Kleinkind.

Das hier ist eine Art Frieden, für die ich keine Worte habe.

Nur du und ich

Ich will etwas sagen und weiß doch nicht was. Mein Kopf ist wie leergefegt, und so wende ich den Blick ab, um nicht weiter in diesem Meer aus Traurigkeit in deinen Augen zu versinken. Lieber würde ich dich lächeln sehen, das Strahlen auf deinem Gesicht, wenn du glücklich bist.

Schwer schlucke ich und beiße mir auf die Unterlippe, schmecke Blut, während ich aus dem Zugfenster schaue. Die Welt zieht in rasendem Tempo an uns vorbei, weckt zugleich Sehnsucht nach allem Unbekannten und Heimweh nach einem Ort, der schon längst kein Zuhause mehr ist.

Als ich dich wieder anschaue, liegt ein zartes Lächeln auf deinen Lippen.

»Du musst nichts sagen«, flüsterst du. »Es reicht, dass du hier bist.«

Mit dir lacht mein Leben

»Mit dir lacht mein Leben«, sage ich und bereue es im nächsten Moment. Meine Wangen brennen und ich schaue zur Seite. Wünsche mir, ich könnte im Boden versinken oder wegrennen. Weit weg, bis ich deinen überraschten Blick nicht mehr auf mir spüre.

Erst als du lachst und mich in eine lockere Umarmung ziehst, entspanne ich mich. Mein Bauch kribbelt und ich stimme in dein Lachen ein. Nicht so laut und losgelöst wie du, sondern leise und zaghaft und doch unfassbar glücklich.

»Ich lache mehr mit dir in meinem Leben«, erwiderst du mit einem Schmunzeln.

Ich weiß nicht, was ich dazu sagen soll. Aber das ist egal, denn du ziehst mich sanft an dich. Mein Kopf sinkt auf deine Schulter und ich vergesse, dass ich mich noch Sekunden zuvor für meine Worte geschämt habe. Die nächsten verlassen meinen Mund, und diesmal bin ich mir sicher, dass es okay ist, sie auszusprechen.

»Mit dir mag ich mein Leben.«

Du strahlst heller

»Du magst ihn.«

Nachdenklich schaue ich Gwen an, die mir im Schneidersitz auf der Wohnzimmercouch gegenübersitzt. Ursprünglich wollten wir uns zu dritt einen Film ansehen, doch als Miika nach wenigen Minuten eingeschlafen ist, haben Gwen und ich beschlossen, leise miteinander zu reden, anstatt unsere Aufmerksamkeit dem Geschehen auf dem Fernsehbildschirm zu widmen.

»Ja«, antworte ich und streiche lächelnd durch Miikas Haare. Schmatzend dreht er sich ein wenig und kuschelt sich näher an mich. Sein Kopf ruht auf meinem Schoß, seine Beine sind zu seiner Brust gezogen. Er mag es, zusammengerollt zu schlafen. Ich glaube, er fühlt sich dann sicherer.

»Ich mag es, dass er dich glücklich macht. Du strahlst heller, seit du ihn kennst.«

Grinsend erinnere ich mich an eine Unterhaltung, die Miika und ich vor ein paar Tagen geführt haben.

»Ich will dir weder was kaputt machen, noch ihm schlechte Absichten unterstellen, aber ich habe Angst, dass du ihm nur deshalb dein Herz schenkst, weil er dich und deine Grenzen respektiert. Dir mag es wie etwas Besonderes vorkommen, doch das ist es nicht, Rick. Oder sollte es zumindest nicht sein.« Gwen weicht meinem Blick nicht aus, sondern schaut mich offen und ehrlich an.

»Ich mag ihn nicht nur, weil er mich mit Respekt behandelt«, erkläre ich mit rauer Stimme, schaue zu Miika hinab und streiche ihm eine Haarsträhne aus der Stirn. Es ist nicht das erste Mal, dass ich mir über dieses Thema Gedanken mache, und ich will nicht, dass Gwen denkt, dass das der Grund ist, weshalb ich Miika so gern hab. »Ich mag ihn, weil er mitten in der Nacht auf spontane Spaziergänge mit mir geht. Ich mag ihn, weil seine Augen aufgeregt glänzen, wenn er sich im Park auf eine Schaukel setzt und alles um sich herum vergisst. Ich mag ihn, weil er immer wieder seine Angst überwindet und neue Dinge ausprobiert. Mit ihm Zeit zu verbringen, fühlt sich so ... so normal an. Als würden wir uns schon ewig kennen, weißt du? Ja, ich mag ihn auch, weil er zwar nicht begeistert von meinen Grenzen ist, diese aber trotzdem akzeptiert. Doch das ist nicht alles. Miika ist so viel mehr als sein Respekt und ich bin unfassbar froh, dass er ein Teil meines Lebens ist.«

Schweigend betrachtet Gwen mich, dann nickt sie. »Okay.«

»Okay?«, frage ich nach und versuche herauszufinden, was genau sie damit sagen möchte.

»Ja.« Sie lacht leise. »Du wirst wissen, was du tust. Und falls du doch mit gebrochenem Herzen zurückbleibst, weißt du ja, dass wir dich auffangen und wieder zusammensetzen ...«

»... so, wie ihr es die Male zuvor gemacht habt«, ergänze ich und grinse. In mir drin ist alles ganz kribbelig. Wegen Miika und dem, was zwischen uns ist. Und wegen Gwen und meinen anderen Herzensmenschen. Weil ich weiß, dass sie immer für mich da sein werden.

Es fühlt sich gut an, nicht allein zu sein.

Bilder der Ewigkeit

»Beeil dich«, fordert Miika mich auf und tritt unruhig von einem Fuß auf den anderen.

Ich lache, ziehe mir betont langsam die Schuhe an und schenke ihm ein provokantes Grinsen.

»Riiick«, jammert er, lacht dann aber und zuckt mit den Schultern »Na ja, *du* verpasst etwas, wenn wir zu spät kommen, nicht ich.«

»Wie können wir zu spät kommen, wenn du gar nicht weißt, wann wir ankommen sollen?«, necke ich ihn in der Hoffnung, etwas über unser Ziel herauszufinden. Doch Miika schweigt und lächelt mich geheimnisvoll an. Seine Augen funkeln und sein ganzer Gesichtsausdruck ist weich und nicht so verschlossen, wie es sonst oft der Fall ist.

»Nimm am besten eine Jacke mit, es könnte nachher recht kühl werden«, schlägt Miika vor, als ich endlich die Schnürsenkel zugebunden habe und mich aufrichte.

»Glaubst du, ich brauche wirklich eine Jacke? Oder reicht ein Kapuzenpullover?«, überlege ich laut.

»Rick!« Miika lacht, greift nach meiner burgunderroten Herbstjacke und wirft sie mir zu. »Nimm einfach die Jacke und dann komm endlich!«

Erleichtert atmet er aus, als wenig später die Haustür hinter uns ins Schloss fällt und wir in der roten Abendsonne stehen. Ich greife nach seiner Hand, streiche mit dem Daumen über seinen Handrücken und genieße die Wärme seiner Haut, bevor ich meine Finger zwischen seine schiebe.

Vier Monate ist es her, dass er eines Nachts wie aus dem Nichts an meinem Lieblingsort, auf dem Dach eines Nachbarhauses, aufgetaucht ist. Vier Monate, in denen wir uns mehrmals die Woche gesehen haben. In denen wir stundenlang geredet und gelacht haben. In denen er ständig bei mir übernachtet hat. In der sich bei jedem kleinen Lachen von ihm eine weitere Hummel in meinen Bauch verirrt hat. Mittlerweile ist es ein ganzer Schwarm, der in meinem Inneren lebt und mich mit seinem Brummen zugleich in Aufregung versetzt und beruhigt.

Einen kurzen Fußmarsch später, betreten wir die volle U-Bahn und drängen uns durch die vielen Menschen, wobei ich aufpasse, niemanden mit meinem Gitarrenkoffer, den ich auf Miikas Empfehlung mitgenommen habe, zu verletzen. Es ist laut und Miikas Körperhaltung ändert sich, er scheint förmlich in sich zusammenzusinken, hier zwischen all den fremden Personen.

»Da hinten sind noch zwei Plätze frei«, sage ich und schenke ihm ein aufmunterndes Lächeln, ehe wir uns durch den Gang quetschen und über die ausgestreckten

Beine anderer Fahrgäste steigen. Es ist mir ein Rätsel, weshalb manche lieber stehen bleiben, anstatt sich hinzusetzen, doch gerade bin ich froh, mich gegenüber von Miika auf einem Fensterplatz niederlassen zu können. Im Vierer hinter mir regen sich Schulkinder lautstark über unfaire Notenvergaben auf und in dem neben uns versucht ein junges Pärchen ein weinendes Baby zu beruhigen. Im Gegensatz zu Miika, der stocksteif mit hochgezogenen Schultern auf seinem Platz sitzt und aus dem Fenster schaut, liebe ich diese laute Geräuschkulisse und gehe in den vielen Eindrücken auf. Seine Stirn ist gerunzelt und seine großen Augen rasen unruhig hin und her.

Ich folge seinem Blick und schaue mir die Stadt an, als wäre es das erste Mal, wobei ich eine Melodie summe, die mir spontan in den Sinn gekommen ist. Wortfetzen tauchen in meinem Kopf auf und wirbeln durcheinander. Sie würden sich zu Sätzen voll Bedeutung und Emotion verbinden, wenn ich nach ihnen greifen würde. Um mich nicht in Gedankensplittern und Texten zu verlieren, konzentriere ich mich auf die vorbeiziehenden Häuser und bewundere die hübschen Vorgärten, in denen die letzten Blumen blühen. Lasse mich von der neongelben Farbe eines Gebäudekomple xes begeistern, dem ich nie zuvor meine Aufmerksamkeit gewidmet habe.

»Rick. Wir müssen aussteigen«, reißt mich Miikas Stimme aus meinen Gedanken.

Blinzelnd starre ich den Platz an, auf dem er mir eben noch gegenüber gesessen hat, ehe ich den Kopf hebe und seinem sanften Lächeln begegne. Nickend stehe ich auf und einmal mehr drängen wir uns durch die Menschenmassen. Die Bahn fährt die Haltestelle an und anstatt nach einer Haltestange zu greifen, hält Miika sich an meinem Arm fest und bringt mich damit zum Strauchen. Ich lache und passe auf, dass ich nicht ebenfalls das Gleichgewicht verliere.

Nebeneinander treten wir hinaus in den lauen Herbstabend und ich blinzle in die untergehende Sonne. Obwohl es leiser als mitten in der Großstadt ist, sind auch hier am Stadtrand das Rauschen der Autobahn und vereinzelte Sirenen von Rettungswagen zu hören. Ich folge Miika einige Minuten durch die Vorstadt mit den vielen Reihenhäusern, die sich oft nur durch die Farbe der Hauswände voneinander unterscheiden. In einem der winzigen Vorgärten wird gegrillt und gefeiert, Rockmusik und lautes Lachen hallt durch die Straßen. Rauch und saftiger Fleischgeruch steigt mir in die Nase, den ich früher geliebt habe und der jetzt nur noch Übelkeit verursacht.

Und dann lassen wir die letzten Häuser hinter uns und sind umgeben von Wiesen und Feldern und ein paar Schrebergärten. Lächelnd bleibe ich stehen und genieße die tiefe Ruhe und Gelassenheit, die mich durchströmt. Natur überwältigt mich jedes Mal aufs Neue, lässt mich freier atmen und weckt das Bedürfnis, meine Arme auszubreiten und mich lachend im Kreis zu drehen. Ich will die Welt umarmen und die Augen schließen und einfach existieren, bis ich alles andere vergessen habe und es ganz still in mir ist.

Schon als Kind habe ich mir gewünscht, auf dem Land zu leben, in einem alten Bauernhaus, umrundet von Tieren und Wäldern und Wiesen. Wollte vom Krähen eines Hahnes geweckt werden oder vom Schreien eines Esels, nur um danach stundenlang durch dichte Mischwälder zu laufen und meine Umgebung so kennenzulernen, wie es mir in der sich ständig verändernden Stadt fast unmöglich ist.

»Komm, bevor es dunkel wird«, drängt Miika, greift nach meiner Hand und lächelt mich an. »Du hast gleich alle Zeit der Welt, um dich umzusehen, aber wir müssen noch ein Stück gehen.«

Von seinen Fingern geht ein sanfter Druck aus, den ich mittlerweile zu übersetzen weiß: *Ich liebe es, dir zuzusehen, wie du deine Umwelt aufnimmst, und es tut mir leid, dich dabei unterbrechen zu müssen.* In den letzten Wochen hat Miika die Eigenart entwickelt, mir Botschaften über das Drücken meiner Hand mitzuteilen. Vor allem wenn es darum geht, mir seine Zuneigung darzulegen, meidet er Worte. Er ist ein Meister der nonverbalen Kommunikation; seine Blicke sprechen Bände, lassen mich in sein Inneres schauen und seine Seele umarmen.

»Wir sind da«, sagt Miika schließlich leise und drückt meine Hand, ehe er mich loslässt und die Arme ausbreitet, nur um sie direkt wieder mit einem verlegenen Grinsen fallen zu lassen. »Das hier ist einer der Lieblingsorte meiner Kindheit«, erklärt er und lächelt. Es ist sein melancholisches Lächeln, das immer auf seine Lippen tritt, wenn er von seiner Vergangenheit oder Familie spricht. Dieses Lächeln, das *ich liebe euch noch immer* schreit, lauter als ich es je können werde. Das diesen wehmütigen Ausdruck auf sein Gesicht zaubert und seine Augen wässrig werden lässt. Seine schönen großen honig-braunen Karamellaugen.

Neugierig sehe ich mich um und stelle den Gitarrenkoffer vor mir ab. Seit wir die Vorstadthäuser hinter uns gelassen haben, sind wir einem schmalen Trampelpfad durch eine kniehohe Wiese gefolgt, der nun vor drei alten Eichen endet, unter denen das Gras plattgetreten ist und eine umgedrehte Holzkiste steht. Ich stelle mir vor, wie Miika hier früher jeden Abend hingegangen ist, zum Abschalten und Ausruhen und Nachdenken. In meinen Gedanken sehe ich ihn vor mir, wie er auf der Kiste sitzt und die Sonne auf seinem Gesicht genießt, ohne all die Sorgen und Ängste, die ihn nun so oft im Griff haben.

»Danke, dass du mich mit hierher genommen hast«, sage ich und drücke seine Hand.

Miika wirft mir einen kurzen Blick zu, ehe er mich in eine feste Umarmung zieht. *Ich liebe es, dass du den Großteil des Herbstes und den gesamten Winter über Pullover anziehen wirst*, hat er mir erst vor wenigen Tagen erklärt und verlegen gegrinst.

»Dieser Ort ist voller Magie, wenn die Sonne untergeht«, murmelt er, während seine Finger durch meine Haare streichen. Ohne die Kopfhaut zu berühren, durchkämmt er Strähne für Strähne. Ein Schaudern läuft mir den Rücken hinunter, als ich mit geschlossenen Augen unsere Nähe genieße und mir einmal mehr bewusst wird, wie sehr wir uns aufeinander eingelassen haben. Nie zuvor habe ich zugelassen, dass irgendwer seine Hände in meinen Haaren vergräbt, doch bei Miika ist es okay. Es ist okay, weil er sich immer wieder vergewissert, dass die Berührung in Ordnung für mich ist. Es ist okay, weil er meine Grenzen respektiert. Es ist okay, weil Miika mir noch keinen einzigen Anlass gegeben hat, ihm mein Vertrauen zu entziehen.

»Hast du etwas dagegen, wenn ich dich fotografiere, während du Gitarre spielst?«, fragt er, löst sich von mir und schaut mich aus diesen Augen voller Wärme und Geborgenheit an.

»Du willst Fotos von mir machen?«, hake ich überrascht nach.

Miika lächelt. »Ich wollte früher Fotograf werden. Daraus ist nichts geworden, aber ich halte meine Lieblingsmenschen trotzdem gern mit der Kamera fest.«

Ein weiteres Puzzleteil zum Geheimnis seines Wesens.

»Okay.« Aufgeregt nicke ich und erwidere sein Lächeln. Der Funken Unsicherheit weicht aus seinem Blick und ich frage mich, wie lang er überlegt hat, bevor er mich hierher mitgenommen hat.

Während Miika eine Kamera aus seinem Rucksack zieht, hole ich meine Gitarre aus ihrem Koffer.

»Magst du dich so hinsetzen, dass die Sonne dein Gesicht erhellt?« Seine Stimme ist leise, so leise wie in der Nacht unserer ersten Begegnung. Leise und verletzlich und sanft und tastend und ich begreife, dass ihm das hier wirklich viel bedeutet. Dieser Moment, die Fotografie und die zwischen uns herrschende Verbundenheit. Miika vertraut mir, vertraut mir sein Herz in all seiner Schönheit an.

Ich setze mich, bin umringt von Gräsern und Blumen und atme ihren betörenden Duft tief ein. Versuche, diesen Augenblick in meinem Inneren zu verankern. Die Abendsonne wärmt meine Haut und hüllt die Umgebung in rot-orangene Farben. Blinzelnd frage ich mich, wie lang es dauern wird, bis Regen und Wind und Kälte diesen wundervollen Spätsommer ablösen werden.

Um uns herum zirpen Heuschrecken und in den Baumwipfeln über uns raschelt es. In der Hoffnung, ein Eichhörnchen zu entdecken, schaue ich nach oben, doch da sind nur die unzähligen Blätter, die ihre Farbe demnächst von tiefgrün zu herbstlich gelb wandeln werden. Der Geruch von gemähtem Gras liegt in der Luft und ich schließe einen Moment die Augen, um die auf mich einprasselnden Eindrücke in aller Ruhe zu genießen. Als ich sie wieder öffne, ziehe ich die Gitarre auf meinen Schoß, lege den Schulterriemen um und greife nach dem Plektrum, das zwischen den Saiten klemmt. Miika lässt sich mir gegenüber nieder und ich beginne, das Instrument zu stimmen. Die Töne sind vertraut aber kratzig, und es dauert einen Augenblick, bis ich mit dem Klang zufrieden bin.

»Was soll ich spielen?«

Vollkommen vertieft in seine Tätigkeit zuckt Miika mit den Schultern. Die Kamera vor seinem Gesicht ist so groß, dass ich nur seine gerunzelte Stirn sehe. Immer wieder schießt er Bilder, ehe er an den kleinen Rädchen dreht, um weitere zu machen.

Also spiele ich die Melodie, die mir zuvor in der Bahn durch den Kopf gegeistert ist, greife nach den Wortfetzen und reihe sie aneinander. Lasse sie ihren Weg durch meinen Mund nach draußen finden und fühle mich schwerelos inmitten meiner Texte. Sie sind nicht kompliziert oder ernst und haben keine tiefergehende Bedeutung, doch das ist es nicht, was sie emotional macht. Es ist das Wissen, dass es mir niemals wieder gelingen wird, die Worte in genau dieser Folge aneinanderzureihen, dass es nie mehr als diesen einen Augenblick in meiner Musik geben wird. Das hier ist eins der Lieder, die ich nur für mich und die Menschen um mich herum singe. Für Miika und mich.

Während Worte über meine Lippen gleiten, die mein Glück und meine Liebe zur Natur und zu Miika ausdrücken, steht er auf. Hockt sich an einen anderen Ort, platziert die Kamera vor seinen Augen und nimmt Bilder auf. Erhebt sich erneut, nur um sich wenige Zentimeter weiter links auf den Bauch zu legen. Er streckt seine Hand aus und drückt die Pflanzen zwischen uns nieder. Grinsende helf ich ihm, indem ich mit meinem Bein noch mehr Gräser aus dem Bild entferne. Die Sonne hinter ihm lässt sein Gesicht im Schatten liegen und ich frage mich, ob er genauso zufrieden aussieht, wie ich mich fühle.

Als er das nächste Mal aufsteht, tue ich es ihm gleich. Die Gitarre in den Armen schaue ich Miika an und grinse, erhebe meine Stimme und tanze durch die Wiese. Ich drehe mich um mich selbst, lache und singe und spiele, während Miika den Moment festhält. Auch er bewegt sich, die Kamera immer vor dem Auge dreht er sich mit mir, fotografiert und umrundet mich. Es ist ein gemeinsamer Tanz ohne Berührung, der aus uns, der Gitarre und Kamera, meiner Stimme und unserem Lachen besteht.

Die Sonne ist schon fast hinterm Horizont verschwunden, als ich mich atemlos ins Gras fallen lasse. Die Gitarre liegt schwer auf meinem Bauch, doch meine Finger finden blind die Saiten und Töne. Miikas Gesicht taucht über mir auf, stehend blickt er auf mich herab. Einen Augenblick mustert er mich schweigend, dann lächelt er und hebt die Kamera, um auch diesen Moment einzufangen.

Die Sonne schreitet weiter, verschwindet für diesen Tag und lässt uns in der Magie der Abenddämmerung zurück. Ich richte mich auf, streife den Schulterriemen über den Kopf und lege die Gitarre neben mich. Strecke meine Arme nach Miika aus, der seine Kamera zu meinem Instrument stellt. Das Gras ist von der Sonne erwärmt und ich weiß, dass ich so viel mehr Abende wie diesen haben möchte. Abende voller Wärme und Lachen, voller guter Laune und Ausgelassenheit.

»Komm her«, wispere ich.

Miika lässt sich neben mir nieder, ignoriert meine ausgebreiteten Arme und stützt den Kopf in seiner Hand ab. Betrachtet mich mit diesem Blick, der mir zu Beginn eine Heidenangst eingejagt hat. Da ist so vieles in seinen Augen, mit dem ich keine guten Erinnerungen verbinde. Da ist diese Sehnsucht, dieser alles überdeckende Wunsch nach meiner Nähe. Da ist Leidenschaft und Verlangen, dieser riesige Hunger nach mehr. Nach so viel mehr, als ich ihm geben kann.

Küss mich, Rick, küss mich. Überwinde die uns trennenden Zentimeter und lege deine Lippen auf meine. Berühr mich. Bitte.

Sein Blick schreit mich an und ich bewundere die Beherrschung, die er bei jedem unserer Treffen aufbringt. Miika streckt seine Hand aus und für einen Moment bin ich mir sicher, dass er sie an meine Wange schmiegen wird. Doch ich zucke nicht zurück, weiß, dass er sich der Konsequenzen bewusst ist. Seine Finger schweben Millimeter über meiner Haut in der Luft, sodass ich die von ihnen ausgehende Wärme spüre.

»Ach fuck«, wispert er heiser und streicht sich durch die Haare, bevor er seine Hand auf meine legt. Ein Zittern durchläuft seinen Körper und ich kann mir nicht ausmalen, wie es in ihm aussieht. Kann das Verlangen und die Begierde in ihm genauso wenig nachvollziehen, wie er meine Abneigung gegen Berührungen. Und doch gelingt es uns, miteinander auszukommen.

»Was machst du nur mit mir?«, fragt er leise in die Dämmerung.

Ich zucke mit den Schultern, kann ihm keine Antwort auf seine Frage geben.

Wie oft es solche Situationen schon gegeben hat. Momente, in denen seine Augen dieses unbändige Feuer in ihm zeigen.

Vorsichtig verschränke ich meine Finger mit den seinen, genieße die Wärme und hoffe, dass unser Zusammensein für ihn irgendwann genauso einfach sein wird wie für mich. Dass irgendwann dieser Wunsch nach mehr kleiner werden wird. Dass er sich irgendwann vollkommen mit dem zufrieden geben kann, was okay für mich ist.

Miika schließt die Augen und atmet kontrolliert ein und aus. Sanft streichle ich seine Hand, fahre immer und immer wieder mit dem Daumen über seinen Handrücken und bemerke lächelnd, wie sich eine Gänsehaut auf seiner Haut ausbreitet. Sein Körper entspannt sich, der gequälte Gesichtsausdruck verschwindet und hinterlässt ein Schmunzeln. Mit meiner freien Hand streiche ich über seine Bartstoppeln, über seine Wangen und Schläfen.

Seufzend öffnet er die Augen. »Was machst du nur mit mir?«, wiederholt er seine Frage mit einem Lächeln auf den Lippen.

»Komm her«, wispere ich noch einmal und strecke die Arme nach ihm aus. Diesmal folgt er meiner Aufforderung, lässt sich in meine Umarmung und seinen Kopf auf meine Brust sinken. Zufrieden streiche ich ihm die Haare aus den Augen und genieße sein Gewicht auf mir. Miika ist der erste Mensch, der mir mit seiner Nähe Sicherheit vermittelt, statt meinen Fluchtinstinkt zu wecken.

»Danke für dein Vertrauen, Rick.«

»Ich danke dir für deine Akzeptanz.«

Er schweigt einen Augenblick und ich weiß genau, dass er angestrengt nachdenkt. Geduldig warte ich auf seine Frage und mag es, wie vertraut mir seine Angewohnheiten geworden sind.

»Wie viele ähnliche ... zwischenmenschliche Beziehungen hast du schon gehabt?« Ohne mich anzuschauen, spielt er mit dem Saum meines Pullovers. Ich habe keine Angst, dass er aus Gewohnheit seine Finger unter mein Oberteil schlüpfen lässt. Zu oft habe ich seine Hand rechtzeitig zurückgezogen, bis es irgendwann nicht mehr dazu kam.

»Keine, die so lang gehalten hat wie diese.«

Nun hebt er seinen Kopf und ich bedauere es, dass er sich zurückzieht. Seine Stirn ist gerunzelt, als er sich neben mich setzt und mich ungläubig ansieht.

»Nie länger als vier Monate?«, vergewissert er sich und ich verstehe nicht, worüber er so verwundert ist.

Ich nicke. »Meistens hat der andere Mensch nach circa vier Wochen realisiert, dass ich wirklich nicht mehr will. Manche haben es danach noch ein paar Tage versucht, andere haben direkt einen Schlussstrich gezogen. Das Längste waren dreieinhalb Monate, doch auch da wusste ich, dass es nichts Langfristiges wird.«

»Bist du oft betrogen worden?«

Seine Wortwahl entlockt mir ein Lächeln. »Du hast gefragt, wie viele ähnliche zwischenmenschliche Beziehungen ich schon hatte. Du würdest mich nicht betrügen, falls du mit jemandem schlafen solltest. Aber von den Menschen, mit denen ich ganz klassisch zusammen war und mich verbal darüber verständigt habe, dass wir eine romantische Beziehung führen, hat mich kein einziger betrogen. Das waren aber auch diejenigen, die recht schnell Schluss gemacht haben.«

»Warum?«

Ich kann Miikas Blick nicht deuten. Da ist Unsicherheit und Unverständnis und Mitleid und Verwunderung und etwas, das ich nicht in Worte fassen kann.

»Warum was?«, hake ich schmunzelnd nach.

»Warum sind Menschen verwundert darüber, dass du so bist, wie du es ihnen zu Beginn erklärt hast?«

Unwissend zucke ich mit den Schultern. »Das weiß ich nicht. Ich habe aber die Vermutung, dass viele sich selbst überschätzen. Sie sind sich sicher, dass sie auf Berührungen verzichten können, bis sie es müssen.«

»Aber warum? Wie können jemandem Berührungen wichtiger sein, als einen geliebten Menschen zu behalten?«

Da ist es, dieses kleine Wort, das so viel bedeutet. *Geliebten.* Liebe. Keiner von uns hat bislang über seine Gefühle für den anderen gesprochen oder seine Empfindungen überhaupt in Worte gefasst. Auch jetzt ist es keine Liebeserklärung im klassischen Sinne, doch es steckt so vieles in Miikas Frage und in seiner Wortwahl. Ich bin nicht bereit, mich dem zu stellen, weshalb ich so tu, als hätten seine Worte mein Herz nicht zum Rasen gebracht.

»Es ist ein elementarer Teil von sehr, sehr vielen Menschen. Berührungen sind oft selbstverständlich und nichts Besonderes. Genauso wie es die meisten nicht gewohnt sind, ihre sexuellen Bedürfnisse nicht auf die Art befriedigt zu bekommen, wie sie es sich wünschen.«

Er schnaubt und ich liebe ihn für diese Unterhaltung. Für seine Verständnislosigkeit und Frustration.

»Hast du allen gesagt, dass sie zwar dich nicht berühren können, aber du sie?«

»Ja.« Sein Blick macht mir klar, dass das nicht alles ist, was er wissen will. »Und du bist der Einzige, der das Angebot abgelehnt hat.«

»Warum?«

Ich lache, lache laut und glücklich, ehe ich meine Hand ausstrecke und ihm über sein Bein streiche. »Das frage ich mich, seitdem du es abgelehnt hast. Weshalb hast du nicht ja gesagt?«

»Weil ich bei unserer ersten Begegnung nichts kaputt machen wollte.«

»Und danach? Das Angebot steht auch jetzt noch.« Ein Teil von mir will ihn berühren und wissen, wie Miika sich unter meinen Fingern bewegt. Ob er laut oder leise, stürmisch oder ruhig ist. Es verwundert mich jedes Mal. Jedes verdammt Mal, wenn er mich mit dieser lodernden Leidenschaft in den Augen anschaut. An seiner Stelle wäre ich schon längst auf das Angebot zurückgekommen.

»Es würde sich falsch anfühlen, so als würde ich dich ausnutzen.« Seine Wangen färben sich rot und er grinst verlegen.

»Wie solltest du mich ausnutzen, wenn ich es dir anbiete?«

Er zuckt mit den Schultern. »Weiß nicht. Ich nehme nur ungern etwas, das ich nicht zurückgeben kann.«

»Auch dann, wenn ich gar nichts zurückbekommen möchte?«

»Ja.«

Schmunzelnd fahre ich mit den Fingern durch die feinen Härchen an seinem Unterschenkel. Im Gegensatz zu mir liebt er kurze Kleidung und obwohl der Herbst und damit auch der Winter immer näherkommt, hat er seine Shorts noch nicht in die hinterste Ecke seines Schranks verbannt. »Könnte ich unter anderen Umständen verstehen. Aber du würdest mir etwas geben. Du würdest mir dein Vertrauen geben.«

»Das hast du auch so schon«, erwidert Miika leise.

Ich bin verblüfft, wie wir von im Sonnenuntergang Gitarre spielen und Bilder machen und lachen und kuscheln und tanzen und Glücklichsein hierhergekommen sind. In eine Situation, die durch ihre pure Ehrlichkeit intim ist.

»Es ist nicht nur, dass ich nichts nehmen will, ohne etwas zurückzugeben«, fährt er fort, den Blick auf seine Finger gerichtet, mit denen er Grashalm für Grashalm aus dem Boden zupft. »Ich kann mir nicht vorstellen, von jemandem berührt zu werden, ohne ihn wenigstens zu küssen. Ich habe auch so schon dieses unfassbare Verlangen nach deiner Nähe und ich glaube nicht, dass ich stark genug bin, dem zu widerstehen, wenn du mich berührst. Und ich weiß, dass ich damit sowohl dein Vertrauen missbrauchen als auch alles zwischen uns Bestehende zerstören würde. Und das will ich nicht.«

Als er realisiert, wie viel Gras er mittlerweile ausgerupft hat, gräbt er ein kleines Loch und stopft die grünen Halme hinein, ehe er sie mit Erde bedeckt. Es ist eine Mischung aus Beerdigung und Entschuldigung und dem Versuch, es ungeschehen zu machen.

Meine Antwort folgt, als er sich die Finger an seiner Hose abwischt. »Es tut mir leid, dass du dich in meiner Gegenwart so zurückhalten musst.«

Er hebt den Kopf und schaut mir einen Augenblick mit gerunzelter Stirn in die Augen.

»Du solltest dich nie dafür entschuldigen, so zu sein, wie du bist.«

»Auch wenn ich damit verhindere, dass du du selbst sein kannst?«

Miika überlegt, dann schüttelt er den Kopf. »Ich finde, der einzige Mensch, der mich dazu auffordern sollte, mich zu ändern oder auf eine gewisse Weise zu verhalten, bin ich selbst. Ich halte mich nicht zurück, weil *du* mir das gesagt hast, sondern weil *ich* bei dir sein möchte. Du forderst nicht von mir, mit dir zusammen zu sein und mich anders als sonst zu verhalten. Du sagst mir lediglich, was ich von dir erwarten kann. Verstehst du den Unterschied?«

Lächelnd nicke ich. »Du bist so ein ... reiner Mensch. So lieb und unschuldig und irgendwie sanft und ehrlich und weißt so genau, was du willst. Warum hast du deinen Traum, Fotograf zu werden, aufgegeben?«

Als Miika lacht, verliebe ich mich ein weiteres Mal in ihn.

»Woher kommt der plötzliche Themenwechsel?«, fragt er belustigt.

»Das ist einfach die Art, wie mein Kopf funktioniert«, antworte ich und zucke mit den Schultern.

»Ich mag das. Diese unerwarteten Gedankensprünge und die Tatsache, dass du sie aussprichst«, sagt er gedankenverloren, ehe er sich räuspert und mir antwortet. »Ich wollte mich nicht anpassen, habe aber das Gefühl, dass es schwer ist, andere Menschen mit der Art, wie ich Kunst und Fotografie verstehe, zu begeistern. Ich habe diesen besonderen Stil, meine eigene Handschrift, wenn du so willst. Meine Bilder spiegeln meine Wahrnehmung auf eine so persönliche Art wider, dass mir Kritik wehtun würde. So richtig, da es eine Kritik an mir und meinem Blick auf die Welt wäre. Deshalb fällt es mir auch nicht leicht, meine Fotos mit anderen zu teilen. Ich kann nicht zurücknehmen, was ich einmal offenbart habe.«

»Zeigst du mir die Bilder, die du eben gemacht hast?«, frage ich neugierig. Ich würde verstehen, wenn er sie mir nicht anvertrauen möchte, doch noch mehr würde ich mich freuen, sie sehen zu dürfen.

Einen langen Augenblick mustert er mich und ich bin mir sicher, dass er ablehnen wird. *Ich zeige niemandem meine Bilder, schon gar nicht unbearbeitet.* Ich kann die Worte hören, ohne dass er seinen Mund öffnet, weshalb ich umso erstaunter bin, als er zögernd nickt.

»Ich muss sie aber erst auf mein Handy übertragen, das dauert kurz.« Er greift nach seiner Kamera und zieht das Smartphone aus der Hosentasche. Gespannt beobachte ich ihn und habe keine Ahnung, was ich mir unter seinen Bildern vorstellen soll. Seine dunkelblonden Haare fallen ihm ins Gesicht, als er sich über die Displays beugt, doch er ist zu konzentriert, um sich an ihnen zu stören. Mit einer flüchtigen Bewegung streiche ich sie ihm hinters Ohr, schmiege meine Hand an seine warme Haut und sehe dabei zu, wie sich seine Mundwinkel heben. Wieder einmal stelle ich mir vor, wie gut er mit bunten Haaren aussehen würde.

»Okay«, sagt Miika schließlich und ich richte mich auf. Er rutscht neben mich und unsere Arme berühren sich, doch das ist in Ordnung, da wir beide Pullover tragen. »Normalerweise würde ich die Bilder noch bearbeiten, aber ich glaube, es ist okay, wenn du die unbearbeiteten Versionen siehst.«

Seine Nervosität zeigt sich durch das Kratzen in seiner Stimme und das Zittern seiner Hand, in der er das Handy hält. Am liebsten würde ich ihm sagen, dass es nur Fotos sind und er nicht so aufgeregt sein muss, aber ich ahne, dass sie ihm viel mehr bedeuten. Fotografie ist eine seiner Leidenschaften, vielleicht seine persönlichste.

Und dann schaltet er das Display an und zeigt sie mir. Bilder voller Farben, voller Licht und Schatten. Voller Sonnenuntergänge und Silhouetten und immer wieder ich. Erst sitzend, dann stehend, dann tanzend. Mal scharf umrissen und dann wieder in der Bewegung verschwommen. Doch egal auf welchem Bild, überall sind es meine Augen, auf denen der Fokus liegt. Wie ich ihn mit hochgezogenen Augenbrauen anschaue, wie ich verschmitzt grinse und zwinkere, wie ich gedankenversunken meine Lippen geöffnet habe und an ihm vorbei schaue, während ich singe. Das dort bin ich, so wie ich mich selbst sehe. Miika hat in mein Inneres geblickt und es eingefangen, so zielsicher, dass ich schwer schlucke und mir entblößt vorkomme.

»Sie sind ...«, ich suche nach einem Wort, doch keines ist dem gerecht, was ich empfinde. Wunderschön. Besonders. Leuchtend. Persönlich. *Ich*.

»Meine Momentaufnahmen sind mehr als Erinnerungen. Sie sind Bilder für die Ewigkeit«, wispert er und klingt dabei so unglaublich ehrlich, dass es mir das Herz erwärmt.

»Kann ich dich umarmen?«, frage ich mit erstickter Stimme. Diese Bilder der Ewigkeit bewegen mich zutiefst.

Miika antwortet nicht, sondern zieht mich zu sich, sodass mein Kopf an seiner Brust zum Liegen kommt. Es ist so vertraut, wie er seine Arme um meinen Torso schlingt, immer darauf bedacht, die bloße Haut in meinem Nacken auch mit seinem Gesicht nicht zu berühren. Um uns herum ist es dunkel und kühler geworden und bevor ich mich fester an Miika kuschle, ziehe ich mir meine Jacke an.

»Danke, dass du mich mit hierher genommen hast. Und danke, dass du mich an diesem Moment hast teilhaben lassen.«

Er löst eine Hand von meinem Rücken, um nach meinen Fingern zu greifen und sie zu drücken. Ich weiß genau, was er mir damit sagt.

Ich danke dir.

Buchmesse

»Warum habe ich das Gefühl, dass du mich nur mitgenommen hast, damit ich dir deine Bücher durch die
Gegend schleppe?«, ächzt Miika, als er hinaus an die frische Luft tritt und mir die Tür aufhält.

Lachend folge ich ihm. »*Du* hast heute Morgen be-
hauptet, dass wir nur einen Rucksack brauchen. Hätte
ich meinen mitgebracht, hätte ich die Bücher selbst
getragen. Außerdem habe ich dir mehrfach angeboten,
unsere Sachen zu tragen«, erkläre ich und lächle, was
ihn die Augen verdrehen lässt. Er hasst es, jemandem
seine Taschen zu überlassen, wobei ich das Gefühl habe,
dass es ihn inzwischen weniger stört, wenn ich dieser
jemand bin.

»Du hättest mich auch in deinen Plan einweihen
können, dass du jedes einzelne Buch aufspüren willst,
in dem queere Charaktere vorkommen.«

Amüsiert ziehe ich eine Braue in die Höhe. »Miika.
Wie oft warst du schon in meinem Zimmer?«

Grinsend zuckt er mit den Schultern. »Oft?«

»Genau. Und wie oft hast du vor meinem Bücher-
regal gestanden und warst fasziniert davon, dass es so
viele Bücher mit queeren Themen und Charakteren
gibt?«

»Oft. Nicht so oft, wie ich bei dir war, aber trotzdem
oft.« Lachend zieht er eine Wasserflasche aus seinem
Rucksack, in dem sich so einige Romane der unter-

schiedlichsten Genres befinden. Manche stehen seit Monaten auf meiner Wunschliste, von anderen habe ich heute zum ersten Mal gehört.

»Genau. Und da ist dir nie die Idee gekommen, dass ich auf einer Buchmesse nach ähnlichen Geschichten Ausschau halten könnte?« Bevor er zu einer Antwort ansetzen kann, lehne ich mich zu ihm und deute auf das Buch, das ganz oben auf dem Stapel liegt. »Das hier kenne ich übrigens schon und habe es nur gekauft, damit ich dir mein Exemplar mit meinen Kommentaren schenken kann«, sage ich und streiche über den blaugrünen Buchdeckel des dünnen Hardcovers. »Ich weiß, dass du kein riesiger Buchfan bist, aber das hier könnte dir gefallen. Es hat diese Atmosphäre, die geradezu danach schreit, von dir verstanden zu werden. Und selbst wenn du es nicht so wie ich lieben solltest, wird es dich mit Sicherheit berühren und nachdenklich stimmen.«

Als ich das Buch zurücklege und aufschaue, bemerke ich seine geröteten Wangen. Aus welchem Grund auch immer machen meine Worte ihn verlegen. Ich liebe das Wissen, dass es nichts Leichteres gibt, als Miika in Verlegenheit zu bringen.

»Außerdem dachte ich mir, dass deine Uni-Bücher etwas Gesellschaft gebrauchen könnten«, füge ich neckend hinzu.

Stöhnend schneidet er eine Grimasse. »Wow, da schaffe ich es mal, das Studium für ein paar Stunden zu vergessen, und du musst es mit so einem Kommentar ruinieren. Danke für nichts«, jammert er gespielt.

Ich knuffe ihn in die Seite. »Wollen wir wieder reingehen?« Der Tag ist schon so gut wie zu Ende und ich habe längst nicht alles gesehen.

Nickend stimmt Miika zu, verstaut das Trinken in seinem Rucksack, bevor er nach meiner Hand greift und unsere Finger verschränkt. Mein Inneres kribbelt aufgeregt, und ich weiß, dass das hier eine verdammt schöne Erinnerung werden wird. Ein ganzer Tag umgeben von Büchern, und das mit Miika an meiner Seite.

Regenbögen

»Was machst du, wenn es dir schlecht geht?«, frage ich und werfe Rick den Jonglierball zu.

Dieser fängt ihn gekonnt, dreht ihn in seiner Hand und lacht. »Ich suche Regenbögen.«

»Was?« Irritiert schaue ich ihn an. Das war nicht die Art von Antwort, die ich erwartet habe.

»Du glaubst gar nicht, wie oft wir Regenbögen übersehen. Die meisten bemerken nur die nach einem Unwetter, aber es gibt so viel mehr als diese großen. Vor allem an sonnigen Tagen laufe ich manchmal durch die Stadt und sehe überall bunte Farben.«

Rick wirft mir den Ball wieder zu, doch ich fange ihn nicht und er knallt gegen meinen Arm.

»Eyy!«, beschwere ich mich und grinse. Diese Unbeschwertheit mit ihm tut mir gut. »Was machst du an grauen Tagen, wenn sich die Sonnenstrahlen nicht brechen und Regenbögen erzeugen können?«

»Dann gehe ich raus und beobachte Menschen. Ich suche nach welchen mit bunten Haaren, Tattoos und Piercings oder ausgefallenen Kleidungsstücken. Ich mag das Wissen, wie viele coole Leute da draußen existieren.«

»Und an Tagen, an denen es so regnet, dass alle ihre Haare unter Kapuzen und coole Kleidung unter funktionaler Regenkleidung verstecken?«

»Miika!« Lachend setzt Rick sich auf.

»Was denn? Ich bin bloß neugierig«, murmle ich und spüre, wie meine Wangen heiß werden. »Ich mein das nicht böse oder will deine Art, etwas zu tun, kritisieren.«

»Ich weiß. Lustig ist es trotzdem.« Seine Stimme ist voller Wärme. »Aber wenn es ganz stark regnet, dann lege ich mich ins Bett und schaue mir Naturdokumentationen an. Und dort gibt es mit Sicherheit irgendeinen Regenbogen, bei dessen Anblick es mir besser geht.«

Nebelraben

»Ich mag es, wenn sich das Leben so unwirklich anfühlt«, sagst du leise. Gerade ist einer der wenigen Momente, in denen du nicht so klingst, als würdest du gleich in Tränen ausbrechen. Die letzten Wochen waren schwer, für beide von uns, und dich jetzt so verträumt in den Himmel blinzeln zu sehen, lässt mein Herz aufgehen.

Ich folge deinem Blick hinauf in die weiße Nebelwand, aus der vereinzelte Zweige hervorschauen. Obwohl wir mitten in der Großstadt sind, dringt der Autolärm, der sonst kaum zu überhören ist, heute nur gedämpft zu uns. Es war deine Idee, trotz der Kälte spazieren zu gehen, und ich bin froh, dich nicht zu einem Nachmittag im Bett überredet zu haben.

»So viele Raben auf einem Haufen zu sehen, fühlt sich an, als wäre es ein gutes Zeichen«, erwidere ich und drücke deine Hand.

Kichernd schaust du mich an, ohne Angst in den Augen. Während du dich in diesem sorglosen Moment verlierst, verliere ich mein Herz ein kleines bisschen mehr an dich.

»Du siehst überall gute Zeichen, Rick.« Deine Stimme ist neckend, und ich mag diese Vertrautheit in deinem Verhalten. Du hast keine Angst, dass ich dich missverstehen könnte, sondern vertraust darauf, dass ich ehrlich zu dir bin.

»Ich weiß. Aber vielleicht schickt uns das Universum viel öfter Zeichen, als wir denken. Wir müssen bloß hinschauen.«

Schweigend gehen wir weiter durch das Nebelweiß, das nun auch das Braun der Bäume verschluckt. Nur das durchdringende Krächzen der Raben wird nicht leiser, das losgelöst vom Anblick der Tiere unheimlich und anklagend klingt. Fast so, als würden uns die Raben vorwerfen, dass wir auch solch schöne Momente bis ins kleinste Detail zerdenken werden, sobald wir uns von unseren Problemen und der Zukunftsangst einholen lassen.

Freunde fürs Leben

»Miika? Bist du wach?«

»Mhm«, gebe ich zustimmend von mir und drehe mich auf die Seite, um Rick anschauen zu können, der ausgebreitet auf dem Boden seines Zimmers liegt. Obwohl es bereits früher Nachmittag ist, habe ich Ricks Bett heute noch nicht verlassen. Das grau-trübe Novemberwetter lädt einfach dazu ein, sich zwischen Decken und Kissen zu vergraben.

»Hast du Lust, mit meinen Mitbewohnenden einen Roadtrip zu machen? Da könntet ihr einander besser kennenlernen.« Rick schaut zu mir hoch und lächelt mich verschlafen an. Auf seinem Bauch liegt die Gitarre und immer wieder tanzen seine Finger über die Saiten, greifen zarte Akkorde, die uns in der Luft schwebend einhüllen, bevor sie zwischen den unzähligen Pflanzen verklingen, die sich in Ricks Zimmer tummeln. »Also nicht sofort. Wir wollten nächstes Frühjahr für ein paar Tage wegfahren, aber ich dachte mir, ich frage dich lieber rechtzeitig«, ergänzt er.

»Weiß nicht«, murmle ich unentschlossen, drehe mich zurück auf den Rücken und starre an die Zim-

 66

merdecke. Die Wände verschwinden hinter Regalbrettern voller großer und kleiner Pflanzen, wohingegen die Decke mit Leuchtsternen und fluoreszierenden Planetenaufklebern bedeckt ist. Nachts gibt es nichts Besseres, als all die leuchtenden Punkte zu betrachten, während Rick sich im Schlaf neben mir bewegt und gleichmäßig ein- und ausatmet. »Ich kenne die anderen doch gar nicht richtig, das wäre bestimmt komisch.«

Während ich mir durch den Kopf gehen lasse, was ich über Ricks Mitbewohnende weiß, spielt Rick weitere Akkorde, die unsauberer als die vorherigen klingen. Ein Zeichen dafür, dass auch er in Gedanken versunken ist. Vielleicht erinnert er sich ebenfalls an die wenigen Gespräche, die ich mit den Menschen geführt habe, die ihm am nächsten stehen. Mit Ari, der laut eigener Aussage mitten in einer Identitätskrise steckt, und Sora, die das jüngste Mitglied der Wohngemeinschaft ist. Mit Gwen, die mir durch ihre ruhige Art direkt sympathisch war, und Lee, Ricks Herzensmenschen. Da ich auch mit Lee nur wenig gesprochen habe, weiß ich kaum mehr über them, als dass they gefühlt jedes Mal eine neue Haarfarbe hat, wenn wir uns sehen.

»Du musst dich ja nicht gleich entscheiden«, sagt Rick in meine Überlegungen hinein, woraufhin ich wieder zu ihm schaue. Seine Augen sind geschlossen, die Stirn gerunzelt und seine Finger zupfen sanft an den Gitarrensaiten, sind ständig in Bewegung und können nicht stillhalten. »Ich würde mich jedenfalls freuen, wenn du mitkommen würdest.«

»Ich denk darüber nach«, verspreche ich und bringe ihn damit zum Lächeln.

Wenige Akkorde später legt er die Gitarre zur Seite und streckt alle Viere von sich, ehe er sich ächzend aufsetzt und zum Bett rutscht. Unsere Gesichter sind sich ganz nah, als er seine Arme auf der Matratze verschränkt und seinen Kopf darauf bettet.

»Warum lernst du Menschen so ungern näher kennen?«, erkundigt er sich. »Du hast nichts dagegen, dich mit anderen zu unterhalten und auszutauschen, aber sobald jemand tiefergehendes Interesse an dir zeigt, weichst du zurück. Meistens zumindest.«

Seufzend strecke ich die Hand aus und streiche ihm die Haare aus der Stirn. »So ist es leichter, nicht verletzt zu werden.«

»Aber fehlt dir nicht diese Intimität, die zwischen zwei Menschen besteht, die einander besser als sich selbst kennen?«

»Doch, schon«, gebe ich zu, ziehe meine Hand zurück und wende mein Gesicht einmal mehr der Zimmerdecke entgegen. Über Freundschaften und Beziehungen zu sprechen, fällt mir leichter, wenn ich Rick dabei nicht anschaue. »Im Moment geht es, weil du hier bist, und ich weiß, dass du demnächst nicht gehen wirst. Aber ich bin trotzdem verdammt oft einsam, auch wenn ich das nicht mehr so nah an mich ranlasse wie früher.«

»Hmmh.« Diesmal ist es Rick, der seine Hand ausstreckt und mir durch die Haare fährt. Ich schließe die Augen und atme tief ein und aus, genieße das Gefühl seiner Finger auf meiner Kopfhaut.

»Was ist mit dir?«, frage ich. »Hast du manchmal Angst, von den Menschen verletzt zu werden, die dir am nächsten stehen?«

Leise lacht er auf, weshalb ich doch wieder zu ihm schaue und einmal mehr feststelle, wie gern ich ihn betrachte. Seine dunkelbraunen Augen und die wenigen Sommersprossen auf seinen Wangen, die mich an den vergangenen Sommer erinnern und die Vorfreude auf das kommende Jahr wecken. Auf Sonnenuntergänge auf unserem Dach und auf Ricks lautes Lachen, während wir nachts durch die Stadt schlendern und sich dieses unbeschreibliche Freiheitsgefühl in mir ausbreitet.

»Nicht wirklich. Lee und ich kennen uns seit dem Kindergarten und haben so unfassbar viel zusammen erlebt. Da ist so ein tiefes Vertrauen zueinander. Ich weiß genau, dass ich bei them in Sicherheit bin und wir zusammenhalten, wann immer es darauf ankommt. Und weil ich weiß, dass Lee da sein wird, habe ich keine Angst davor, von den anderen verletzt zu werden.«

Da ist es wieder, dieses seltsame Gefühl, mit dem ich nicht umgehen kann. Dieser aufkommende Neid gemischt mit der Erleichterung, dass Rick einen Menschen wie Lee in seinem Leben hat. Was auch immer aus Rick und mir werden wird, es gibt Personen, die für ihn da sein und ihn auffangen werden.

»Und abgesehen von Lee? Hast du Angst, dass andere Leute, die dich weniger gut kennen, dich verletzen könnten?«, hake ich nach.

Rick überlegt einen Augenblick, und ich liebe es, wie

konzentriert er dabei die Augen zusammenkneift und die Stirn runzelt. Seine Finger halten in ihrer Bewegung inne und verharren in meinen Haaren, ohne dass er dies zu registrieren scheint. »Angst ist nicht das passende Wort. Ich weiß aus Erfahrung, dass die Wahrscheinlichkeit hoch ist, dass ich verletzt werde, wenn ich mich auf neue Menschen einlasse. Aber das nehme ich in Kauf, weil ich hoffe, dass alles gutgehen wird. Oder das ich mit einem gebrochenen Herzen davonkomme, ohne, dass mir Schlimmeres passiert.«

Es schmerzt ein wenig, diese Worte zu hören. »Ist dir schon mal etwas ... Schlimmeres passiert?«, frage ich und bin unsicher, was genau er mit dieser Wortwahl meint.

»Einmal lag ich im Krankenhaus, weil ein Typ nicht verstehen wollte, dass ich seine körperliche Nähe nicht mag. Ich habe ihm eine Ohrfeige verpasst, als er mich gegen meinen Willen geküsst hat, aber seine Freunde fanden das weniger cool.« Er atmet hörbar aus, entspannt dann sein Gesicht und lächelt mich schief an. »Ansonsten bekomme ich hauptsächlich unangebrachte und teilweise verletzende Aussagen zu hören, wenn klar wird, dass von mir aus mit geringer körperlicher Nähe zu rechnen ist.«

»Ich mag es, dass du mir gezeigt hast, dass Nähe so viel mehr als Berührungen sein kann«, wispere ich.

Ricks Lächeln wird breiter, erhellt sein ganzes Gesicht.

»Und ich mag es, dass du mich darin bestärkst, dass es okay ist, meine Grenzen klar zu definieren, und dass

 70

ich es verdient habe, mit Respekt für diese behandelt zu werden.«

Seine Worte klingen, als sei er sich dessen nicht immer bewusst gewesen, und das macht mich traurig. Er ist einer der liebsten Menschen, die ich kenne, und ich wünschte, das würden alle sehen.

»Wobei«, fährt er fort, »wenn ich ehrlich bin, beginnen meine Grenzen sich zu verschieben, und sind nicht mehr so eindeutig wie bisher.«

Verwundert runzle ich die Stirn. »Wie meinst du das? Ich dachte, Berührungen sind ein klares No-Go.«

Draußen fährt ein Rettungswagen mit Blaulicht und Sirene am Haus entlang und Rick wartet, bis sich der Wagen etwas entfernt hat, bevor er antwortet.

»Ich glaube, es sind nicht unbedingt die Berührungen, die ich hasse. Es ist eher der fehlende Konsens«, erklärt er und fängt dabei wieder an, mir durch die Haare zu fahren. »Ich habe diese krasse Abneigung entwickelt, als ich gemerkt habe, dass Berührungen von vielen für selbstverständlich gehalten werden. Als ich das erste Mal jemandem gesagt habe, dass ich ihn mag, hat er das als Einladung aufgefasst, mich zu küssen, und war dann verletzt, weil ich ihn von mir gestoßen habe. Ich verstehe nicht, wie sich aus einem Geständnis meiner Gefühle ableiten lässt, dass ich geküsst werden möchte.«

Meine Wangen werden warm, als ich mich an meine Gedanken bei unserem ersten Treffen erinnere. Wie sehr ich ihn küssen und berühren wollte. Fuck, wie gern ich ihn auch jetzt an mich ziehen und küssen würde.

Mich zurückzuhalten fällt mir nicht mehr schwer, aber der Wunsch danach ist nicht verschwunden. Ich bin nur besser darin geworden, meine Gedanken zu ignorieren.

Rick lacht, löst seine Finger aus meinen Haaren und streicht mir stattdessen über die heißen Wangen. »Was ist los?« Die Berührung löst ein wohliges Schaudern in mir aus und ich bin so unfassbar dankbar, ihn bei mir zu haben.

»Ich hätte dich in so einer Situation auch geküsst, wenn ich nicht wüsste, dass du sowas nicht ausstehen kannst.«

»Ich weiß.« Schmunzelnd pikst er in eins meiner Grübchen. »Die Sache ist: Würdest du das noch immer machen? Ist ein Gefühlsgeständnis nach wie vor eine Einladung für dich?«

Bei seinen Worten kommt die Frage in mir auf, ob Rick einem Gespräch darüber, was wir füreinander fühlen, bisher nur deshalb ausgewichen ist, weil er Angst vor meiner Reaktion hat. Denkt er, dass ich ihn ebenfalls küssen würde, wenn er mir sagt, was er für mich empfindet?

Um keinen Raum für Missverständnisse zu lassen, schüttle ich vehement den Kopf. »Nein. Wie du gesagt hast, habe ich eine Menge für selbstverständlich gehalten. Ich meine, ich habe zwar schon immer expliziten Konsens für sexuelle Dinge eingeholt, aber mir war echt nicht bewusst, dass ich das generell bei allen Berührungen tun sollte.«

»Und ich glaube, das ist das Wichtige für mich. Du nimmst dir nicht mehr, was du als normal ansiehst, sondern du hast gelernt, zu fragen. Ich fühle mich sicher in deiner Nähe, weil ich weiß, dass du mir nicht absichtlich zu nah kommst. Das ist ein bisschen wie bei Lee und mir: Ich mag zwar lange Berührungen nicht, aber bei Lee ist es in Ordnung, wenn they mir flüchtig über den Arm streicht. Oder das Gesicht bei Umarmungen an meinen Hals drückt. Dadurch verschieben sich meine Grenzen, weil plötzlich nicht mehr alle Berührungen negativ sind und ich mich bei euch wohl und geborgen fühle.«

In meinem Inneren breitet sich eine wohltuende Wärme aus und ich weiß genau, von welchem Sicher- und Geborgenheitsgefühl er spricht. Bevor ich etwas sagen kann, ertönt aus der Küche erst ein lautes Scheppern und dann ein frustriertes Fluchen.

»Alles okay?«, ruft Rick und setzt sich aufrechter hin, wobei er leider seine Hand zu sich zieht und mir nicht länger über die Haut streicht.

»Ja, nur ein kleines Missgeschick«, kommt sofort die dumpfe Antwort aus der Küche. Ich glaube, es ist Lee, sicher bin ich mir nicht. Rick scheint das zu beruhigen, denn er legt seinen Kopf wieder vor mir auf die Matratze.

»Hat das mit den sich verschiebenden Grenzen halbwegs Sinn ergeben?«, fragt er nach und runzelt die Stirn.

Ich lächle. »Absolut. Ich bin mir nur nicht sicher, was genau das für uns bedeutet.«

»Ich mir auch nicht so ganz.« Verlegen zuckt er mit den Schultern. »Es ist ja nicht so, dass ich Berührungen

plötzlich liebe, aber – um es übertrieben darzustellen – ich würde nicht mehr wegrennen und dich sitzen lassen, falls du mich versehentlich berührst. Ich kann nur nicht einschätzen, was letztendlich okay für mich ist, da ich bisher eben alles, das über Händchenhalten und Kuscheln hinausgegangen ist, kategorisch abgelehnt habe. Wenn du magst, können wir zusammen herausfinden, wo meine neuen Grenzen liegen.«

»Du meinst, ich kann dich einfach fragen, ob du bestimmte Sachen ausprobieren willst?«

Er nickt.

»Darf ich meine Hand an deine Wange legen?« Die Hitze schießt mir ins Gesicht, es macht mich verlegen, meine Wünsche so explizit zu benennen und auszusprechen.

»Ja.« Da schwingt so vieles in Ricks Stimme mit, die eine Nuance dunkler geworden ist. Vertrauen, Zuneigung, Erleichterung und etwas, das ich nicht in Worte fassen kann. Etwas Tiefes, Ehrliches, das mir ein Schaudern den Rücken hinunterjagt.

Vorsichtig strecke ich meine Hand aus und lege sie sacht an seine Wange. Er spannt sich an und schluckt schwer, zuckt aber nicht zurück. Sein Blick ist intensiv und wäre mir unangenehm, wäre es nicht er, der mich so ansieht.

»Ist es auch okay, wenn ich mit dem Daumen über dein Gesicht streiche?«

»Ja«, wispert er kaum hörbar und schließt die Augen, als ich mit sanften Bewegungen über seine Wange fahre. Mein Herz schlägt aufgeregt in meiner Brust.

 74

Das hier ist anders, ist vertraut und zugleich neu und ungewohnt. Ricks Haut ist weich und ich mag das Gefühl seiner Bartstoppeln unter meinen Fingern. Zu gern würde ich mich nach vorn lehnen und ihn küssen, nur ganz kurz und vorsichtig, doch ich halte mich zurück. Das hier ist schon so viel mehr, als ich die vergangenen Monate über hatte, und es wäre okay, wenn ich ihn nie anders als gerade berühren dürfte.

»Willst du kuscheln?«, fragt Rick und blinzelt mich träge an, als ich eben seinen Kieferknochen nachfahre. Ich bin mir nicht sicher, ob das seine Art ist, mir zu sagen, dass das erstmal genug neue Berührungen waren oder ob er einfach so das Bedürfnis zu kuscheln hat, doch ich nicke und ziehe meine Hand zurück.

Während er sich erhebt, richte ich mich auf und rutsche zur Seite, damit er sich neben mich setzen kann. Zufrieden atme ich aus, als er mich in seine Arme zieht, meinen Oberkörper fest umschlingt und den Kopf an meine Schulter schmiegt.

»Ich mag das hier. Ich mag uns.«

»Ich auch«, erwidere ich und lächle. Seine Umarmungen sind voller Wärme und Vertrauen und erinnern mich an meine frühe Kindheit.

»Du bist aktuell der wichtigste Mensch in meinem Leben, weißt du das?«, murmle ich und ärgere mich sogleich über meine Wortwahl. Ich will Rick nicht das Gefühl geben, dass er bei mir bleiben muss, da ich außer ihn kaum jemanden habe.

Sein Griff wird fester und ich spüre seine Lippen auf meinen Haaren, flüchtig, aber wahrnehmbar.

»Ich habe noch niemanden so schnell zu meinem Lieblingsmenschen erklärt wie dich«, sagt er und löst dabei etwas in mir aus, das sich anfühlt, als ginge die Sonne in meinem Bauch auf, ganz mollig warm und hell. Noch nie wurde ich als Lieblingsmensch bezeichnet. Ricks Worte fühlen sich nach einer Liebeserklärung an und vielleicht sind sie es auch. Als ich meine Hand in seine schiebe und für diesen Kontakt in Kauf nehme, dass die Umarmung nicht mehr ganz so eng ist, ist es das jedenfalls. Eine kleine, wortlose Liebeserklärung.

»Deine Haut ist so verdammt weich«, flüstert Rick und führt unsere verschränkten Finger an seine Lippen. Vorsichtig küsst er meine Knöchel, streift mit seinen Lippen über meine Haut und löst eine Gänsehaut auf meinen Armen aus. Ein zufriedenes Glucksen verlässt meinen Mund, und als Rick seine Lippen zurückzieht, schlinge ich erneut beide Arme um seinen Oberkörper. Brummend tut er es mir gleich, schmiegt seinen Kopf an meinen Hals und atmet warm gegen meine Haut.

»Wenn du da bist, habe ich weniger Angst«, murmelt er.

»Geht mir genauso«, erwidere ich leise. »Wovor hast du Angst?«

»Davor, ohne einen Menschen an meiner Seite durchs Leben zu gehen, mit dem ich Momente wie diesen hier teilen kann. Ich liebe meine Herzensmenschen, aber wenn ich sehe, wie die meisten langsam Personen finden, mit denen sie sich langfristig eine Zukunft vorstellen können, dann wünsche ich mir das auch.«

Diesmal bin ich mir sicher, dass es eine Liebeserklä-

 76

rung ist. Er kann sich nicht für diese Worte entscheiden, ohne mir damit sagen zu wollen, dass es im Bereich des Möglichen liegt, dass ich dieser Lebenspartner bin.

»Und du? Wovor hast du Angst?«, fragt Rick, und ich liebe es, wie sein Atem dabei gegen meinen Hals prallt.

Einen Augenblick zögere ich, meine Gedanken auszusprechen, doch dann bin ich ehrlich. Rick hat soeben diese wunderschönen Worte gefunden, die mein Herz schneller schlagen und meine Ängste sich beruhigen lassen, da hat er es verdient, zu erfahren, was in meinem Kopf vor sich geht.

»Ich habe Angst, allein alt zu werden. Nicht davor, keinen Beziehungspartner zu finden, sondern wirklich komplett allein zu sein. Ich weiß, ich bin noch jung, aber der letzte Mensch, den ich als guten Freund bezeichnet habe, ist seit über zwei Jahren kein Teil meines Lebens mehr. Ich habe das Gefühl, dass es mit jedem Tag schwerer wird, auf fremde Menschen zuzugehen. Die meisten scheinen kleine Freundesgruppen gebildet zu haben, während ich mich nicht traue, andere anzusprechen und von mir aus das Gespräch zu suchen.«

Auf meine Worte hin wird Ricks Griff erst fester, bevor er sich aus der Umarmung löst, mich von sich schiebt und aufsteht.

»Was wird das?«, frage ich irritiert, als er mir auffordernd eine Hand reicht.

»Ich habe Hunger, und so, wie es vorhin klang, ist Lee in der Küche. Ich kann deine Angst nachvollziehen und finde sie weder unberechtigt noch möchte ich

mich über sie lustig machen. Doch ich würde dir gern zeigen, dass bestehende Freundesgruppen nicht einschüchternd sein müssen. Ich und mein Umfeld sind nicht abgeneigt, weitere Menschen in unsere Gruppe aufzunehmen, und mir fällt kein Grund ein, warum nicht du einer davon sein könntest.«

Abwartend schaut er mich an, seine Hand noch immer ausgestreckt. Als ich meine Finger in seine lege und sie miteinander verschränke, strahlt er übers ganze Gesicht.

»Ich hoffe, dass die anderen mich nicht nur mögen, weil du mich mitgebracht hast«, sage ich leise, bevor wir das Zimmer verlassen.

»Glaub mir, Miika, ich bin vielleicht der Grund, weshalb du mit bei gemeinsamen Aktivitäten dabei bist, aber nicht dafür, dass sie dich mögen. Was das angeht, habe ich keinerlei Einfluss.«

Durch seine Worte erleichtert, folge ich ihm in die Küche, in der es heute nach angebrannter Pizza riecht. Obwohl ich nicht zum ersten Mal hier bin, fasziniert mich das grüne Chaos, das den Mittelpunkt der Wohngemeinschaft bildet. Überall stehen Pflanzen, auf dem Boden ein großer Drachenbaum und ein langer Bogenhanf, auf den Schränken und Ablageflächen unzählige Grünlilien. Zwar ist auch Ricks Zimmer ein einziges Pflanzenparadies, doch während bei ihm mehrere Regale allein seinen Pflanzen gewidmet sind, steht hier alles durcheinander. Um den Toaster tummeln sich ein üppig wachsender Basilikum und ein halbvertrockneter Salbei, daneben zwei Blumentöpfe mit mir unbekannten Kräutern und der Wasserkocher. Die Simse vor den beiden großen Fenstern, die den Großteil einer Wand einnehmen und einen Blick in den Hinterhof gewähren, sind überfüllt mit Wasserschalen und alten Konservenbüchsen, in denen Ableger und die Überreste von Salaten liegen. Im Gegensatz zu Ricks Zimmer sind die meisten Pflanzen hier essbar, und ich liebe es, wie es die ganze Küche lebendig macht. Umgeben von einer bunt zusammengewürfelten Sammlung an Stühlen und Hockern, steht ein massiver Eichentisch in der Mitte der großen Wohnküche. Von Rick weiß ich, dass hier ein Großteil der Gruppenaktivitäten aller Mitbewohnenden der WG stattfindet: gemeinsames Kochen, ausgelassene Spieleabende, paralleles Lernen.

Rick verzieht das Gesicht, und als ich seinem Blick folge, entdecke ich das verkohlte Backblech, das vor dem linken Fenster steht.

»Ich mache das später sauber, versprochen! Es muss nur abkühlen«, beteuert Lee und lässt mich damit zusammenzucken, da ich them nicht hereinkommen gehört habe. Ich drehe mich um und lächle, als ich die dunkelblauen Haare sehe, die heute in einem lockeren Dutt stecken, von dem eine Menge wirrer kurzer Strähnchen abstehen. Their Haare machen deutlich, was mir schon mehrmals durch den Kopf gegangen ist: Lee ist das Chaos in Person, ein nie stillsitzender Wirbelwind, der überall gute Laune verbreitet.

»Ach ja?« Rick grinst breit und dreht sich ebenfalls um. »So wie den Kühlschrank, in dem deine Sirupflasche ausgelaufen ist?«

Lee streckt ihm die Zunge raus. »Du weißt genau, dass das ein Versehen war!«

Die beiden lachen, und ich komme mir ein wenig fehl am Platz vor. Haltsuchend spiele ich mit Ricks Fingern, der mir daraufhin ein aufmunterndes Lächeln schenkt, durch das ich mich gleich wohler fühle.

»Willst du mit uns was kochen?«, fragt Rick an Lee gewandt.

They zuckt mit den Schultern. »Warum nicht. Was kocht ihr denn?«

»Keine Ahnung. Worauf habt ihr Appetit?« Fragend schaut Rick uns an.

»Spaghetti mit Tomatensauce?«, schlägt Lee vor.

»Laaangweiliiig«, meint Rick sogleich, was Lee und mich zum Lachen bringt.

»Du kannst gern irgendwas Aufwendiges kochen und wir schauen dir dabei zu und helfen danach beim Essen«, überlegt Lee und kassiert dafür einen empörten Blick von Rick.

»So weit kommt's noch. Haben wir wenigstens Gemüse für die Sauce?«, erkundigt sich dieser und schaut im Kühlschrank nach, anstatt auf eine Antwort zu warten. »Wir haben Paprika, Spinat, Babytomaten und Auberginen.«

»Klingt doch gut«, sage ich und Lee nickt zustimmend.

»Dann kochen wir eben wieder einmal Spaghetti mit Sauce.« Ein theatralisches Seufzen verlässt Ricks Lippen und Lee verdreht die Augen, ehe they mir zuflüstert, dass Rick der Grund dafür ist, weshalb es in der WG so oft Nudeln zu essen gibt.

Wenig später sitzen wir zu dritt am Tisch und zerkleinern das Gemüse, während im Hintergrund Musik läuft. Soeben füllen die Klänge von *Mr. Brightside* die Küche, Rick summt leise mit und ich wippe im Takt mit dem Fuß.

»Ich hasse Zwiebeln«, schnieft Rick irgendwann. »Wie kann etwas so gut schmecken und so scheiße zum Zubereiten sein?«

Lee und ich lachen und ich muss Rick davon abhalten, sich mit den Fingern über die tränenden Augen zu wischen.

»Danke«, schnieft er und grinst mich an, ehe er die geschnittenen Stückchen in den Topf schüttet, in dem bereits passierte Tomaten und die gehäckselte Paprika köcheln. Auf dem Herd kocht das Wasser und ich stehe auf, um die Spaghetti hineinzugeben. Anschließend stelle ich einen Timer auf zehn Minuten. Anstatt mich wieder hinzusetzen, verharre ich hinter Rick und warte darauf, dass die beiden das restliche Gemüse fertig schneiden und ich dieses mit in die Sauce geben kann.

Meine Finger finden ganz von selbst ihren Weg in Ricks Haare und wie so oft flechte ich ihm kurze Zöpfe. Als ich aufschaue, liegt Lees Blick auf mir. Verlegen ziehe ich meine Hände zurück. Mir kommt die Geste plötzlich zu intim vor, um sie im Beisein anderer auszuführen.

Lee lächelt und ich frage mich, was they davon hält, dass ich Rick so nah bin.

»Mach dir nicht so viele Gedanken«, wispert Rick,

als er aufsteht und mir im Vorbeigehen über den Bauch streicht. »Bin gleich wieder da«, sagt er etwas lauter und verlässt die Küche, sodass ich auf einmal allein mit Lee bin.

Nervös greife ich nach dem Saucentopf und rühre kräftig um, ehe ich mich zurück an den Tisch setze und aufgeregt mit den Beinen wippe.

»Rick mag dich«, bricht Lee die Stille zwischen uns und lächelt mich an.

Die Feststellung treibt mir die Wärme in die Wangen. »Ich weiß.«

Lee lacht. »Ich meine, er mag dich so richtig.«

Mein Gesicht glüht und ich muss mich zusammenreißen, um den Blickkontakt nicht zu lang zu meiden. »Er ist mir auch extrem wichtig geworden.«

»Das ist gut.« Lee nickt bekräftigend, ein breites offenes Lächeln auf den Lippen. »Meistens fühle ich mich verdammt unwohl, wenn Ricks Partner mit uns Zeit verbringen, aber dich mag ich. Du tust ihm gut und das liebe ich.« Das Lächeln verblasst und Lees Ausdruck wird ernster. »Ich hoffe, dass du ihm nicht wehtust. Er hat das nicht verdient.«

Es ist ein Wunsch, keine Drohung. Ich zögere; will kein Versprechen geben, das ich nicht halten kann, doch zu sagen, dass ich es versuchen werde, klingt mir zu sehr nach »ich schaue mal, wie lang ich es aushalte, und dann tue ich, was sich nicht vermeiden lässt«.

Bevor ich mir eine Antwort zurechtlegen kann, kommt Rick zurück. »Wer hat was nicht verdient?«, fragt er und rührt die kochenden Nudeln um.

 82

»Fremde Unterhaltungen zu belauschen ist nicht nett«, erklärt Lee und zwinkert mir zu, als wolle they mir sagen, dass unser kleines Gespräch nur uns beide etwas angeht.

»Hätte ich gelauscht, wüsste ich, worum es geht«, kontert Rick, dreht sich um und schaut aufmerksam zwischen uns hin und her. Seine Stirn legt sich in Falten und er blickt Lee vorwurfsvoll an. »Du hast Miika nicht gesagt, dass er mich nicht verdient hat?«

»Nein!« Lee wirft ihm einen entrüsteten Blick zu.

Rick setzt sich neben mich und grinst. »Gut. Ich dachte schon, wir müssen ein ernstes Wörtchen über die Menschen in meinem Leben reden.«

Schnaubend verdreht Lee die Augen. »Ich habe keinem deiner Ex-Freunde gesagt, dass sie dich nicht verdient haben, also brauchst du keine Angst zu haben, dass ich Miika etwas dergleichen an den Kopf werfen werde.«

Verlegen spiele ich mit Ricks Fingern, die neben meinem Bein hängen. Noch kann ich nicht nachvollziehen, weshalb Lee mir so wohlgesinnt ist, aber schön ist es auf jeden Fall. Es fühlt sich gut an, mir den Platz an Ricks Seite nicht erst verdienen zu müssen.

Auf dem Herd köchelt unser Essen, im Hintergrund läuft *Run* von Snow Patrol und ich bin froh, hier zu sein. In dieser Wohnung, in der ich die vergangenen Monate so viel Zeit verbracht habe und die sich mehr nach zu Hause anfühlt als meine eigene.

»Heißt das, du hast nichts dagegen, wenn ich Miika in Zukunft öfter mitbringe?«

83

Unwillkürlich frage ich mich, ob Rick überhaupt mit den anderen abgesprochen hat, dass er mich fragt, ob ich im Frühjahr auf ihren Roadtrip mitkommen möchte.

»Kommt drauf an. Wenn du damit meinst, dass er noch öfter hier ist, dann fände ich das langsam etwas beunruhigend. Ich kann mir nicht vorstellen, dass ihr aktuell viel für die Uni oder Nebenjobs auf die Reihe bekommt, so häufig, wie ihr hier rumhängt.« Rick verdreht die Augen und lässt Lee dadurch noch breiter grinsen. »Falls ihr aber vorhaben solltet, euch aktiver ins WG-Leben einzubringen, dann habe ich absolut nichts dagegen. Und wenn wir dir etwas zu anstrengend werden sollten«, wendet they sich an mich, »kannst du dich jederzeit in Ricks Zimmer zurückziehen, ohne dass dir wer böse ist. Ich halte es manchmal auch kaum mit der Rasselbande aus, obwohl ich sie abgöttisch liebe.«

»Gut zu wissen«, sage ich leise und lächle, während Rick etwas vor sich her brummt, das nach »so schlimm sind wir gar nicht« klingt. Als der Timer für die Nudeln abgelaufen ist, steht Lee auf und holt Teller und Besteck aus dem Schrank neben dem Kühlschrank. Rick drückt meine Hand und ich wende den Blick von Lee ab, um ihn anzuschauen.

»Was ist?«, frage ich, da ich nicht schlau aus seinem Gesichtsausdruck werde.

»Weiß nicht. Ich glaube, ich bin gerade einfach richtig glücklich.«

»Ich auch«, muss ich zugeben.

 84

»Wirklich?« Sein Lächeln wird breiter und ich liebe das fröhliche Strahlen seiner Augen.

»Ja. Ich mag es hier.« Ich mag die Vertrautheit zwischen Rick und Lee, diese Art, wie die beiden miteinander umgehen. Voller Respekt und doch mit dieser absoluten Leichtigkeit. Die beiden verbindet eine dieser Freundschaften, auf die ich oft neidisch war, aber aktuell ist da kein Funke Eifersucht. Ich bin nur unendlich froh, ein kleiner Teil des Ganzen sein und an diesem Augenblick teilhaben zu dürfen.

»Das freut mich. So richtig«, sagt Rick und drückt meine Hand noch einmal fest.

»Ich tue einfach so, als hätte ich euch überhört«, wirft Lee ein und sorgt dafür, dass die Wärme auf meinen Wangen wieder stärker brennt. »Wollt ihr Basilikum zu den Spaghetti?«

»Natürlich! Und guck mal, ob wir noch Käseersatz da haben«, bittet Rick.

»Oder du schaust selbst nach«, meint Lee und schneidet ein paar Stängel Basilikum von der üppigen Pflanze, ehe er die Blätter zerkleinert.

»Alles muss ich hier allein machen«, jammert Rick und wirft Lee ein Grinsen zu, was they kopfschüttelnd erwidert. Die beiden schauen sich etwas länger an, als ich es erwartet habe, und es kommt mir so vor, als würde vor mir eine Unterhaltung stattfinden, die ich nicht verstehe. Lees Blick huscht kurz zu mir und wieder zurück zu Rick, ehe they die Lippen zu einem breiten Lächeln verzieht und Rick zuzwinkert. Dieser gibt ein Grummeln von sich und öffnet endlich die Kühlschranktür, um nach seinem Käse zu schauen. Als ich diesmal Lees Blick begegne, bin ich mir sicher, dass they nichts dagegen hat, dass ich Rick so nah bin.

»Bleibst du über Nacht?«, fragt Rick schläfrig und rollt sich auf die Seite, um mich anschauen zu können. Nachdem wir den Nachmittag mit Lee verbracht, gegessen und einige Brettspiele gespielt haben, befinden wir uns wieder in Ricks Zimmer. Wie so oft hat er sich auf dem Boden ausgebreitet, während ich auf seinem Bett liege. Warum er den harten Holzboden allem anderen vorzieht, ist mir unerklärlich, doch es ist eine seiner kleinen Angewohnheiten, an die ich mich mittlerweile gewöhnt habe.

»Worüber denkst du nach?«

Gähnend schaue ich Rick an und blinzle träge. »Über dich und wie gern du auf dem Boden liegst und wie sehr ich es mag, dass mir deine Eigenheiten immer vertrauter werden.«

Er lächelt und rappelt sich auf, bevor er neben mir unter die Decke schlüpft. »Also, bleibst du über Nacht?«, hakt er nach und legt seinen Kopf auf meine Brust.

»Wenn du mir versprichst, meinen Wecker nicht wieder auszuschalten, ohne mich zu wecken.«

Ein zustimmendes Grummeln verlässt seinen Mund und ich grinse, als ich mich an seinen schuldbewussten Blick erinnere, als er realisiert hat, dass ich wegen ihm einen Tag voller Seminare verschlafen habe.

»Warum hast du eigentlich all deine Vorlesungen vormittags? Ich kenne niemanden außer dir, der jeden Morgen um acht Uhr an der Uni ist.«

Ich streiche durch seine Haare. »Je früher ich dort bin, desto eher kann ich wieder verschwinden«, erkläre ich ausweichend und hoffe, dass Rick mir anhört, dass ich nicht in der Stimmung bin, über mein Studium zu sprechen. Dieses Thema ist mit zu viel Unzufriedenheit und Ärger verbunden, als dass ich es hier ansprechen würde, wo alles so warm und voller Geborgenheit ist.

»Falls du irgendwann mal den ganzen Frust loswerden und reden willst, dann bin ich da.«

»Ich weiß«, antworte ich. »Aber gerade würde ich lieber kuscheln und die Zeit genießen, anstatt mich über die Uni aufzuregen.«

»Verständlich«, meint er und lacht.

»Was ist mit dir? Warum hast du alle Vorlesungen nachmittags gewählt und bist trotzdem gefühlt nie auf dem Campus?«

»Weil ich meine Zeit lieber mit dir verbringe.«

»Echt jetzt?«, frage ich und mein schlechtes Gewissen meldet sich, da Lee nicht komplett unrecht hat. Wir sind fast jeden Nachmittag zusammen, weshalb es kein Wunder ist, dass Rick kaum eine seiner Lehrveranstaltungen besucht.

»Manchmal. Meistens habe ich einfach keine Lust, in Hörsälen zu sitzen und mir theoretischen Mist anzuhören. Die Seminare und Workshops beginnen bei mir alle erst in ein paar Wochen und durch die Theorieprüfungen komme ich schon irgendwie durch.«

Belustigt schüttle ich den Kopf und kann nicht nachvollziehen, wie er sein Studium gleichzeitig abgöttisch lieben und hassen kann. »Du verpasst also nicht wegen mir deine Vorlesungen? Und wirst mir auch in der Prüfungsphase keine Vorwürfe machen?«, versichere ich mich halb ernst und halb scherzend.

»Würde ich nie. Es ist meine Entscheidung, wie ich meine Zeit verbringe, und gerade bist du meine oberste Priorität.«

Seine Worte bringen mich in Verlegenheit und ich festige meinen Griff um seinen Rücken. Rick bedeutet mir so unglaublich viel und mein Herz schlägt jedes Mal schneller, wenn er wie nebenbei erwähnt, dass es ihm ähnlich geht.

»Ich wusste nicht, wie schön es ist, einem anderen Menschen so nah zu sein«, nuschle ich leise und bin dankbar für Rick und das, was wir in den vergangenen Monaten zwischen uns aufgebaut haben.

»Was ist mit deinen vorherigen Beziehungen? Warst du diesen Menschen nicht nah?«, fragt Rick und ich spüre die Bewegung seiner Lippen an meinem Hals.

»Doch, schon. Aber du bist mir anders nah, dir vertraue ich anders. Also positiv anders. Ich wusste nicht, wie wohltuend es sein und wie glücklich es mich machen kann, nebeneinander im Bett zu liegen und stundenlang zu reden. Kuscheln hat für mich nur vor oder nach dem Sex stattgefunden.«

»Es freut mich, dass sich das geändert hat.« Gähnend hebt er seinen Kopf. »Sollen wir das Licht ausmachen?«

Ich nicke und er streckt den Arm aus, um auf seinem

Nachttisch nach der Fernbedienung für seine dimmbare Lampe zu tasten. Als er sie gefunden hat, wird es dunkel im Raum, das warm-weiße Licht wird ersetzt durch die vielen leuchtenden Sterne und Planeten an seiner Zimmerdecke und den schmalen Lichtschein, der aus dem Flur unter der Tür hindurchfällt.

Wir rutschen etwas herum, bis wir es uns so richtig gemütlich zwischen den ganzen Kissen und Decken gemacht haben.

»Was ist eigentlich mit deinen rein platonischen Beziehungen? Hast du in Freundschaften nie gekuschelt?«, greift Rick unser Thema wieder auf. »Ich kann mir vorstellen, dass Körperkontakt in dieser Hinsicht vielen nicht so wichtig ist, doch ich bin es gewohnt, mit den meisten mir nahestehenden Menschen zu kuscheln. Es sind zwar nicht alle so anhänglich wie beispielsweise Ari, aber gegen Umarmungen hatte noch niemand etwas einzuwenden.«

Schmunzelnd erinnere ich mich an den ersten Abend, den ich zusammen mit allen WG-Mitbewohnenden verbracht habe und bei dem mich Aris körperlich enges Verhältnis zu Rick verunsichert hat. »Ehrlich gesagt ist Körperkontakt in Freundschaften bei mir kaum über Handschläge hinausgegangen. Vielleicht genieße ich das hier deshalb so sehr.«

»Vielleicht«, ist das Einzige, was Rick dazu sagt.

Unser Schweigen hüllt das Zimmer nicht in Stille. Vor dem Fenster pfeift der Wind um die Häuser und der nasskalte Regen verdichtet sich, gibt ein trommelndes Konzert zum Besten. Drinnen neben Rick ist es warm und bequem und ich bin froh, nicht nach Hause gegangen zu sein. Allein in meinem Bett würde ich mich nicht annähernd so geborgen fühlen wie hier mit Rick an meiner Seite.

In der Wohnung wird eine Tür geöffnet und wieder geschlossen. »Gute Nacht«, tönt es gedämpft aus dem Flur, worauf Rick und ich mit einem »Schlaf gut« antworten. Dann schaltet Lee das Flurlicht aus und verschwindet in their Zimmer. Jetzt sind es nur noch die gelben Sternenkonstellationen, die den Raum ganz leicht erhellen.

»Glaubst du, dass du mit deinen Freunden alt wirst?«, frage ich irgendwann, obwohl ich mir nicht sicher bin, ob Rick noch wach ist. Sein Atem geht so ruhig und gleichmäßig, dass er auch schon schlafen könnte.

»Ich glaube, ich habe bereits ein paar Menschen fürs Leben gefunden, aber ich bin mir sicher, dass da noch viele Bekanntschaften und Beziehungen auf mich warten.«

»Warum bist du dir da so sicher?«

»Weil es keinen Grund gibt, etwas anderes anzunehmen«, erklärt Rick mit diesem tiefen Vertrauen an das Gute, das mich immer wieder erstaunt. »Du bist doch auch einfach plötzlich in mein Leben getreten und jetzt bist du mir verdammt wichtig. Wenn ich dich gefunden habe, warum dann nicht auch andere?«

»Um genau zu sein, habe ich ja wohl dich gefunden«, widerspreche ich ihm neckend.

»Aber ich habe dich mit meiner Musik angelockt«, kontert er und lacht.

»Wir haben uns gegenseitig gefunden?«, biete ich ihm einen Kompromiss an.

»Einverstanden.« Rick kuschelt sich enger an mich, sein Gesicht liegt an meinem Hals und ich mag es, wie ich seine Worte nicht nur hören, sondern durch seinen Atem und seine Lippenbewegungen förmlich spüren kann.

»Du bist einer dieser Menschen, die ich ganz lang in meinem Leben haben will«, murmelt er nach ein paar Sekunden, in denen ich dem Regen gelauscht habe, dessen stürmisches Prasseln sich in ein gleichmäßiges Tropfen verwandelt hat.

»Können wir unsere Freundschaft bitte immer über alles andere stellen?«, frage ich und streiche dabei durch seine wuscheligen Haare, während ich ihn mit dem anderen Arm ganz fest halte und, wenn möglich, noch ein Stück näher an mich ziehe.

Rick hält einen Augenblick inne. »Heißt das ... wir sind bloß Freunde? Du denkst, dass wir nur Freunde sind?«

Mein Herzschlag beschleunigt sich bei seinen Worten und ich grinse so sehr, dass meine Mundwinkel schmerzen. Ich bin mir sicher, dass Rick mein rasendes Herz unter seiner auf meiner Brust liegenden Hand spüren kann. »Das meinte ich damit nicht. Aber falls wir uns irgendwann auseinanderleben sollten, können wir bitte trotzdem Freunde bleiben?«

»Wir können es auf jeden Fall versuchen. Ich hoffe sehr, dass du mein Leben lang mein Freund bleibst.«

Es stört mich nicht, dass wir uns schon wieder davor gedrückt haben, ernsthaft darüber zu sprechen, was das zwischen uns ist oder was wir füreinander empfinden. Mir reicht es vollkommen, zu wissen, dass unsere Beziehung nicht rein freundschaftlich ist und Rick das auch so sieht. Vielleicht haben wir irgendwann das Bedürfnis, dem Ganzen eine Bezeichnung zu verpassen, doch gerade scheint keiner von uns das zu wollen. Ich bin glücklich in dieser schubladenlosen Freiheit, und so, wie es aussieht, geht es Rick genauso.

»Das hoffe ich auch«, sage ich deshalb. »Ich will für immer dein Freund sein.«

Novemberlichter

Da stehe ich nun
In der Dunkelheit der Stadt, die durch all die Lichter
gar keine ist
Ich bilde eine Insel inmitten der Menschenmassen
Und weiß auf einmal nicht mehr, weshalb ich
weitergehen sollte.

Ich stehe da und blicke nach oben
Betrachte die wenigen Sterne am Stadthimmel
Und wünsche mich weit, weit weg
Irgendwohin, wo wir gemeinsam in die Sterne schauen
können.

Ich denke an dich und breite meine Arme aus
Genau wie du es an meiner Stelle tun würdest
Ich schließe die Augen und drehe mich
Lächle still und leise, inmitten all der fremden
Menschen.

Niemand scheint mich wahrzunehmen
Obwohl ich mich tanzend durch die Menge bewege
Plötzlich habe ich das Gefühl, dass du mir nah bist
Und ich öffne die Augen, suche dich in der Gesichter-
masse.

Als ich erneut nach oben schaue
Entflieht mir ein leises Lachen
Und während ich den Himmel betrachte
Mit all seinen funkelnden Novemberlichtern

Verliere ich einen Teil meiner Einsamkeit.

Riesenrad

»Vergiss es.«

»Miikaaa«, jammere ich und schaue ihn mit großen Augen an. »Bitteee.«

Kopfschüttelnd verschränkt er die Arme vor der Brust. »Du weißt genau, dass ich nicht schwindelfrei bin und Angst bekomme, wenn ich irgendwo oben bin und es wackelt.«

Obwohl er sich seiner Sache sicher ist, gebe ich nicht auf. Vor uns in der Abenddämmerung steht ein bunt beleuchtetes Riesenrad, mit dem ich unbedingt fahren möchte. »Die Schlange ist kurz, wir wären in null Komma nichts dran, und bevor du es mitbekommst, haben wir ein paar Runden gedreht und sind wieder unten.«

Unbeeindruckt zuckt er mit den Schultern. Ich könnte zwar allein fahren, aber das wäre langweilig. Außerdem sind wir zu zweit unterwegs und ich will Miika nicht hier stehen lassen.

»Ich würde auch brav sitzen bleiben und nicht einmal daran denken, zu wackeln.«

Jetzt schnaubt er belustigt. »Es ist nicht windstill, es wackelt also so oder so. Und falls du Anstalten machen solltest, die Gondel zu drehen, wäre ich wirklich sehr böse.«

Das klingt doch, als würde ich meinem Ziel näherkommen. »Die Gondeln sind eckig, nicht rund. Ich bezweifle, dass man sie überhaupt drehen kann.«

Seufzend wendet er seinen Blick ab und betrachtet mit zusammengekniffenen Augen das Riesenrad. »Ich werde das so was von bereuen«, brummt er.

Ich verkneife mir einen begeisterten Ausruf und greife nach seiner Hand, um ihn zur Kasse zu ziehen, bevor er es sich anders überlegen kann.

»Ich passe auf dich auf«, verspreche ich.

»Als ob du irgendetwas tun könntest, wenn wir abstürzen.«

Lautlos

Seine Tränen fallen lautlos, kullern über seine geröteten Wangen. Bleiben einen Augenblick in seinen Mundwinkeln hängen, ehe sie ihren Weg zu seinem Kinn finden, von wo sie auf sein weißes Shirt tropfen. Still sitzt er vor mir, weint tonlos mit bebenden Schultern.

Ihn so zu sehen, verletzt mich, reißt eine Wunde in mir auf, von der ich angenommen hatte, dass sie längst verheilt ist. Wieder fühle ich mich so hilflos wie früher. Kann nicht mehr tun, als ihn zu umarmen und an mich zu ziehen. Kann versuchen, ihm Halt zu geben und ihm einen Teil seiner Last abzunehmen, doch davon abgesehen bin ich dazu verdammt, ihm beim lautlosen Zerbrechen zuzusehen.

Fluchtmomente

Es sind Momente wie dieser, in denen ich mich ganz klein fühle. In denen ich nicht an eine positive Zukunft glauben kann. In denen ich so schrecklich einsam bin, unabhängig davon, wie viele tolle Menschen ich inzwischen bei mir habe. In denen ich all die Angst und Zweifel und Wut loswerden und hinausschreien will. In denen ich wegrennen möchte, ganz weit weg, meinetwegen ans Ende der Welt, wenn es mir dort besser gehen würde als hier. In denen ich gern unsichtbar wäre, vollkommen auf mich allein gestellt.

Es sind Momente wie dieser, denen ich den Namen Fluchtmomente verpasst habe. Da ich gern vor mir und der Welt fliehen würde, ohne zu wissen, wie das gehen soll.

Und so bleibe ich hier, bei dir und deinen Herzensmenschen, lache mit euch und hasse doch jede einzelne Sekunde davon.

Licht in der Dunkelheit

Ungeduldig drücke ich auf die Klingel, trete von einem Bein aufs andere und spüre das Regenwasser meinen Rücken hinablaufen. Ich habe nicht damit gerechnet, auf den wenigen Metern zwischen der Stadtbahnhaltestelle und Miikas Haus dermaßen eingeweicht zu werden, doch mein Pullover klebt nass an meinem Oberkörper und meine Haare platt an meinem Kopf. Aus einer Wohnung über mir dröhnt Rockmusik, die mich im Takt mit dem Fuß wippen lässt.

Ein weiteres Mal drücke ich auf den Klingelknopf. Das schrille Klingeln schallt durchs Treppenhaus zu mir nach unten, ehe die Tür mit einem Ruck aufgerissen wird.

»Warum zur Hölle reicht es nicht, wenn du einmal klingelst?«

Erstaunt schaue ich in graublaue Augen, die mich wütend anfunkeln.

»Weil mir niemand die Tür aufgemacht hat?« Es ist ja nicht so, als hätte ich Sturm geklingelt, ich habe lediglich zweimal kurz auf die Klingel gedrückt, da ich mir sicher war, dass Miika zu Hause ist. Und offensichtlich nicht nur er.

»Was willst du eigentlich?«

Noch immer wird mir kein Platz gemacht und so bleibe ich vor der Haustür stehen, anstatt wenigstens ein paar Schritte ins Trockene machen zu können. Mittlerweile hat der Regen meine Kleidung vollständig durchweicht, auch meine Hose klebt nun an meinen Beinen und ich beginne zu frösteln.

»Miika besuchen«, sage ich und werde daraufhin mit gerümpfter Nase von oben bis unten gemustert. Dann endlich wird mir widerstrebend die Tür aufgehalten.

»Die Gegensprechanlage und der Schließmechanismus sind kaputt und wir müssen runterkommen, um die Tür aufzumachen. Also schreib Miika beim nächsten Mal, dass er dir öffnen soll, anstatt ungeduldig zu klingeln, okay?«

»Alles klar«, nuschle ich, als wir hintereinander die Treppe hinaufsteigen. Das Treppenhaus riecht nach chemischen Reinigungsmitteln mit Zitronengeruch und ich fühle mich schlecht, weil ich auf den hellen Stufen dreckige Spuren hinterlasse. Je näher wir der Wohnung kommen, desto lauter werden die dröhnenden Bässe der Rockmusik.

»Du weißt, welches Zimmer Miikas ist?«

»Ja.« Obwohl ich nicht zum ersten Mal hier bin, kann ich an einer Hand abzählen, wie oft ich die vor mir liegende Wohnung von innen gesehen habe. *Bei dir in der WG fühle ich mich einfach wohler*, hat Miika erklärt, als ich ihn gefragt habe, warum wir so selten bei ihm sind. »Danke übrigens fürs Türaufmachen.«

»Kein Ding. Aber sag Miika, dass er seine verdammte

Musik leiser machen soll. Er ist nicht der Einzige, der lernen muss.«

Überrascht nicke ich und werde daraufhin im Flur allein gelassen, der so anders ist, als der in meiner WG. Während es bei uns vor Leben sprüht und an jeder Ecke irgendwelche Sachen herumliegen, ist hier alles penibel sauber gehalten. Die Schuhe stehen ordentlich im Regal, die Jacken hängen nebeneinander an der Garderobe. In der Luft liegt derselbe Geruch nach Reinigungsmitteln wie im Treppenhaus und ich kann mit jedem Besuch mehr verstehen, weshalb Miika sich hier unwohl fühlt. Das hier ist ein Dach über dem Kopf, aber kein Zuhause.

Eilig streife ich meine Schuhe von den Füßen und stelle sie neben die anderen, ehe ich auf nassen Socken zu Miikas Zimmer gehe und klopfe, obwohl er das über die laute Musik hinweg unmöglich hören kann. Kurz überlege ich, ob ich ihm schreiben soll, doch dann entscheide ich mich dagegen. Immerhin stehe ich bereits in seiner Wohnung, meinen Besuch hätte ich früher ankündigen sollen.

Zögernd drücke ich die Türklinke nach unten und komme mir wie ein Eindringling vor. Für mich ist es normal, dass ständig irgendwer in mein Zimmer platzt, aber ich weiß, wie wichtig Miika seine Privatsphäre ist.

»Miika?«, rufe ich, als ich in der geöffneten Tür stehe, doch er hört mich nicht.

Der Raum sieht aus, als wäre ein Komet eingeschlagen, so unordentlich ist er. Die Vorhänge sind zugezogen und es riecht muffig. Überall liegen Kleidungsstücke,

Collegeblöcke und leeres Geschirr herum. Und mittendrin: Miika. Zusammengesunken sitzt er auf seinem Schreibtischstuhl, hat mir den Rücken zugewandt und seinen Kopf in die Hände gestützt. Der Tisch vor ihm ist übersät mit Büchern und Notizzetteln, zwischen denen sein Laptop und eine Musikbox stehen, aus welcher die lauten Bässe dröhnen.

Erneut verbal auf mich aufmerksam zu machen wäre zwecklos, weshalb ich die Tür schließe und an ihn herantrete.

Vorsichtig lege ich ihm eine Hand auf die Schulter und ziehe sie zurück, als er heftig zusammenzuckt, den Kopf nach oben reißt und sich schwungvoll zu mir umdreht. Seine Augen sind aufgerissen und sein Körper zur Flucht bereit, ehe er mich erkennt und sich entspannt.

Seine Mundwinkel heben sich zum kläglichen Versuch eines Lächelns, als er sein Handy unter einem Notizblock hervorzieht und die Musik ausschaltet. Die plötzliche Stille lässt meine Ohren klingeln und kommt mir im ersten Moment genauso laut vor, wie es die Bässe waren.

»Was machst du denn hier?«, fragt Miika und betrachtet zuerst mich und dann sein im Chaos versinkendes Zimmer. Seine Wangen röten sich und er fährt sich verlegen durch die ungewaschenen Haare.

Ein Schaudern durchläuft meinen Körper und ich verschränke die Arme vor der Brust, um mich ein wenig aufzuwärmen. »Hast du was Trockenes für mich zum Anziehen?«, frage ich zitternd.

»Oh ... äh ja, klar«, stammelt er und bringt mich damit zum Lächeln. »Bedien dich. Die Handtücher sind in der unteren Schublade«, erklärt er und deutet auf die Kommode, auf der sich Taschenbücher mit gebrochenen Buchrücken stapeln.

Fröstelnd und nasse Sockenspuren hinterlassend tapse ich durch den Raum und suche mir ein Handtuch und frische Klamotten. Normalerweise wäre es mir unangenehm, mich vor anderen umzuziehen, doch mir ist so verdammt kalt, dass ich mich nach trockener Kleidung sehne, ohne vorher ins Bad gehen zu wollen. Außerdem ist es Miika, vor dem ich stehe.

Als ich mich ihm wieder zuwende, stelle ich fest, dass er sich bereits umgedreht hat und erneut auf die vor ihm liegenden Unterlagen starrt.

»Du kannst die nassen Sachen entweder auf die Heizung zum Trocknen legen oder du wirfst sie in den Korb unterm Bett und ich bringe sie dir mit, sobald ich sie gewaschen habe.«

Seine Worte bringen mich zum Schmunzeln, da seine eigenen Klamotten überall verstreut liegen, aber ich entscheide mich trotzdem für den Wäschekorb. Als ich die wenigen Schritte zu seinem Schreibtisch gehe, stelle ich fest, dass ich es mag, Miikas Kleidung zu tragen. Er ist kleiner als ich und die schwarze Jogginghose reicht mir nur bis zur Hälfte der Waden, doch da er einen kräftigeren Oberkörper hat, versinke ich geradezu in dem dunkelgrünen Kapuzenpullover.

»Hey«, sage ich, als ich hinter ihm stehe und erneut meine Hände auf seine Schultern lege.

»Wenn du mir gesagt hättest, dass du vorbeikommst,

hätte ich aufgeräumt. Und dir die Tür aufgemacht«, murmelt er, ohne den Kopf zu heben.

Sein Verhalten verwundert mich. Nicht nur, dass er sich wochenlang nicht gemeldet hat, auch diese Zusammengesunkenheit ist untypisch für ihn. Zwar ist er sonst ebenfalls oft zurückhaltend und schüchtern, doch gerade kommt er mir richtig klein und hilflos vor, wie er vor mir sitzt und es nicht schafft, mir in die Augen zu schauen.

»Ich habe dich die letzten Tage vermisst. Es ist komisch, drei Wochen nichts von dir zu hören, während wir vorher fast täglich zusammen rumgehangen haben. Ich weiß, dass du im Prüfungsstress steckst und dich meine Anwesenheit vom Lernen abhält, aber ich wollte dich sehen. Deshalb bin ich hier«, erkläre ich, da mir aufgefallen ist, dass ich ihm noch eine Antwort schulde. »Ich kann wieder gehen, wenn dir das lieber ist«, füge ich hinzu, obwohl ich das nur ungern tun würde.

Miika sieht so verletzlich aus, so unscheinbar und traurig.

Als er sich umdreht und mich anschaut, glänzen seine Augen und verstärken sein verlorenes Aussehen. Jeden Augenblick könnte die erste Träne seine Wange hinabrollen.

»Hey«, sage ich ein weiteres Mal, diesmal besorgter. Irgendetwas ist absolut nicht in Ordnung, und ich hasse es, nicht zu wissen, wie ich ihm helfen kann.

»Ich will nicht, dass du gehst«, wispert Miika und schluckt mehrmals.

Erleichtert darüber, ihn nicht allein lassen zu müssen, nicke ich. »Du siehst aus, als bräuchtest du eine Umarmung.«

Schniefend steht er auf und schmiegt sich an mich, weshalb ich meine Arme um seinen Rücken lege und ihn an mich drücke. Seine Hände sind in den Stoff meines Oberteils gekrallt und sein Gesicht liegt warm an meinem Hals. Haut auf Haut. Schwer schluckend bekämpfe ich das in mir aufsteigende Unwohlsein.

Völlig geräuschlos lehnt er an mir, nur seine bebenden Schultern und die Tränen an meiner Haut machen mir klar, wie dringend er diese Umarmung nötig hat. Ich festige den Griff um seinen Oberkörper und schließe die Augen, konzentriere mich auf seine unregelmäßige Atmung und versuche, meinen eigenen beschleunigten Herzschlag zu ignorieren.

Miika geht es nicht gut, und ich bin dankbar, dass er mir genug vertraut, um mir seine Emotionen zu zeigen. Mir ist klar, dass es nur ein Versehen ist, dass er sein Gesicht auf diese Art an meinen Hals presst. Normalerweise würde er erst meinen Pullover nach oben ziehen und sich dann an den Stoff kuscheln.

»Fuck, sorry, das habe ich gerade vollkommen vergessen«, sagt Miika plötzlich und löst sich eilig von mir. Tränen laufen seine Wangen hinab und er schaut mich so schockiert an, dass ich nicht anders kann, als leise zu lachen.

»Bist du okay? Es tut mir wirklich leid, Rick. Shit, geht's dir gut?«

»Hey, beruhige dich. Es ist alles in Ordnung, versprochen.«

»Aber ... deine Atmung ist unregelmäßig und dein Puls schneller geworden«, erklärt er schniefend und reibt sich mit der Hand über die geröteten Augen.

»Egal. Ich weiß, dass es keine Absicht war, nur mein Körper hat das noch nicht begriffen. Viel wichtiger ist, ob es dir gut geht.«

Es ist keine Frage, und selbst wenn es eine wäre, würde ich die Antwort bereits kennen.

Seufzend lässt er die Schultern hängen, doch wenigstens versiegen seine Tränen. Aus dem Chaos auf seinem Schreibtisch zieht er eine Packung Taschentücher hervor und putzt sich die Nase. Ich trete wieder etwas näher, lege eine Hand an seine Wange und streiche mit dem Daumen über seine nasse Haut.

Miika lächelt.

»Sorry«, wispert er.

»Ist okay. Wirklich.«

»Ich meine nicht die Umarmung, obwohl mir das echt leidtut. Entschuldige, dass ich die letzten Wochen kaum auf deine Nachrichten reagiert habe und dich nicht sehen wollte. Ich dachte, dass ich das mit dem Lernen besser auf die Reihe bekomme, wenn du nicht ständig in meiner Nähe bist.«

Ein zaghaftes Lächeln umspielt seine Lippen und ich pikse ihn in die Wange, ehe ich die Arme wieder um ihn schlinge.

»Willst du darüber reden?«

»Worüber?«, fragt er nuschelnd und bringt mich damit zum Lachen.

»Warum du dir laute Rockmusik anhörst, dein Zimmer im Chaos versinkt und du anfängst zu weinen, sobald ich dich in den Arm nehme.«

»Oh.« Verlegen räuspert er sich und löst sich von mir. Da es so verdammt niedlich aussieht, wie er am Saum seines grauen Langarmshirts zupft, kann ich mein Lächeln nicht zurückhalten. Es tut so gut, dass er wieder bei mir ist.

»Ich würde gern darüber reden. Können wir uns hinsetzen?«

»Klar.« Nickend lasse ich mich auf dem Schreibtischstuhl nieder. Miika schaut mich mit roten Wangen an, ehe er sich auf meinen Schoß setzt und seinen Rücken an meinen Oberkörper lehnt.

»Willst du, dass ich dir schweigend zuhöre, oder hättest du lieber Ratschläge, um deine Situation etwas weniger … chaotisch zu machen?«

»Eigentlich würde ich schon gern deinen Rat hören, aber vermutlich würde ich nur bei allem, was du sagst, irgendein Gegenargument finden, und dann würden wir diskutieren und ich will mich nicht mit dir streiten.«

Lachend hebe ich eine Hand, um ihm durch seine sowieso schon verstrubbelten Haare zu wuscheln. »Eine Diskussion ist kein Streit, Miika.«

Er schnaubt, und ich bin mir sicher, dass er die Augen verdreht.

»Also, was ist los?«, frage ich und stütze mein Kinn auf seiner Schulter ab.

»Uni ist einfach scheiße. Also nicht nur wegen dem Klausurenstress, sondern allgemein. Ich hasse das Studienfach und hasse es, so viel Zeit und Arbeit in etwas investiert zu haben, das ich hasse.« Frustriert lacht er auf und sucht in dem Zettelchaos nach einigen Blättern, die er mir anschließend unter die Nase hält. »Ich hasse das Studium so sehr, dass ich bereits zahllose Bewerbungen für irgendwas anderes geschrieben habe.«

Neugierig blättere ich durch die Seiten, überfliege Anschreiben, Lebensläufe und ausgefüllte Fragebögen.

»Aber ich habe bisher nichts davon abgeschickt.«

»Warum nicht?« Es ist zu sehen, dass er sich Mühe gegeben und das Beste aus den Bewerbungen herausgeholt hat.

»Weil ich nichts machen will, das ich nicht liebe. Wenn ich irgendeinen Job annehme oder eine willkürliche Ausbildung beginne, kann ich genauso gut das Studium abschließen und mir danach einen beschissenen Job suchen, für den ich aber hoffentlich besser bezahlt werde. Ich habe keine Ahnung, was ich will oder worin ich gut bin. Ich habe keine besondere Leidenschaft, die ich zum Beruf machen kann.«

»Was studierst du überhaupt?«, frage ich und stimme in sein darauf folgendes Lachen ein. Die Frage ist so absurd. Seit Monaten sehen wir uns mehrmals in der Woche, und doch habe ich keine Ahnung, was Miika studiert. Jedes Mal, wenn unsere Gespräche auf das Thema Uni kamen, hat er gekonnt von sich abgelenkt und nicht viel mehr preisgegeben, als dass er nicht mit seiner Studiengangwahl zufrieden ist.

»BWL«, sagt er und ich kann das Grinsen aus seiner Stimme heraushören.

»Du gehörst also zu dieser seltsamen Sorte Mensch, die aus Mangel an Alternativen das so ziemlich Langweiligste studiert, was ich mir vorstellen kann?«

Lachend kneift er mir in den Oberschenkel. »Pass auf, was du sagst!«

»Sonst was?«

Ich mag es, dass sich seine Laune gebessert hat, er neckend auf meine Aussagen eingeht und es sich so verdammt normal anfühlt, ihn auf meinem Schoß sitzen zu haben. Sein Körper ist warm und obwohl seine Haare fettig sind und er eine Dusche dringend nötig hat, genieße ich es, ihm so nah zu sein. Zwischen uns herrscht eine Leichtigkeit, wie ich sie bislang nicht kannte.

»Willst du mir erzählen, weshalb du BWL studierst?«

Miikas Lachen verstummt und ich spüre, wie sich sein Körper in meinen Armen anspannt. Als er spricht, ist seine Stimme rau und ich habe den Eindruck, dass er versucht, möglichst gleichgültig zu klingen.

»Das war mein letzter Versuch, meinen Eltern zu gefallen. Mein Vater hat immer davon geredet, dass ein BWL-Studium die Basis für eine erfolgreiche Jobsuche sei, und ich hatte die Hoffnung, mein Ansehen bei ihm durch die Studiengangwahl zu heben.«

»Hat es funktioniert?«

Seufzend schüttelt er den Kopf. »Nein. Aber ich habe trotzdem mit dem Studium begonnen, zum Teil auch wegen meiner besten Schulfreundin. Wir wollten immer zusammen studieren und für sie war seit Jahren klar, dass BWL das perfekte Studienfach ist.«

»Was ist aus ihr geworden?«, frage ich erstaunt, da

ich mich nicht daran erinnern kann, dass er bislang von einer besten Freundin erzählt hat.

»Sie ist mit meinem Ex durchgebrannt.«

»Autsch.«

Miika zuckt mit den Schultern. »Ist Vergangenheit.«

Seine Stimme ist gefasst, und doch schwingt etwas in ihr mit, das mir zeigt, dass da nach wie vor Schmerz ist. Vielleicht nicht mehr so intensiv wie am Anfang, aber verborgen unter den vergangenen Jahren sticht es noch immer, wenn er daran denkt.

»Sind die beiden einer der Gründe, weshalb du dich so ungern auf andere einlässt?«, hake ich vorsichtig nach. Obwohl er mir schon oft gesagt hat, dass er einfach mit einer übergroßen Portion Misstrauen geboren wurde, bin ich mir sicher, dass mehr hinter seiner Menschenscheu steckt.

Und die Tatsache, dass er nicht direkt widerspricht, sondern ein wenig hilflos die Schultern hebt, zeigt mir, dass ich damit nicht so falschliege, wie Miika es gern hätte.

»Ich dachte, dass ich jemanden gefunden habe, der für den Rest meines Lebens bei mir bleibt. Mit dem ich erwachsen werde, ins Berufsleben starte und der immer mein Nachbar oder so sein wird. Es hat so verdammt wehgetan, als die beiden weg waren. Sie haben mir das Herz gleich zweimal gebrochen.« Seine Stimme klingt erstickt, so als müsse er sich zusammenreißen, um nicht erneut in Tränen auszubrechen. Um ihn zu beruhigen, greife ich nach seiner Hand und kreise mit dem Daumen über seinen Handrücken.

»An der Uni habe ich jedenfalls keinen Anschluss gefunden«, fährt er fort, »und ohne die beiden stand ich plötzlich ganz allein da. Ich war so unglaublich überfordert mit allem und habe mich erstmal komplett zurückgezogen. Und als ich halbwegs mit der Situation umgehen konnte, hat mich schon niemand mehr zu Partys und so eingeladen. Ich war dieser komische Einzelgänger, der immer nur am Rand existiert und den man besser allein lässt.«

Miika schnieft und greift erneut zur Taschentuchpackung, während ich ihn festhalte und mir wünsche, ihn so schnell nicht wieder loslassen zu müssen. Ich hasse es, ihn leiden zu sehen und nichts gegen seinen Schmerz tun zu können.

»Und weil niemand Interesse gezeigt hat, hast du dich nicht getraut, auf andere zuzugehen?«, rate ich und vergrabe mein Gesicht in seinen Haaren, um ihm durch meine Nähe zu zeigen, dass er nicht mehr allein ist.

»Genau. Ich habe mich weiter zurückgezogen und angefangen, auf alles wütend zu sein. Auf meine beste Freundin und meinen Ex, auf meine Familie, das Studium und vor allem auf mich selbst. Die Wut hat ein bisschen gegen die Hoffnungslosigkeit geholfen, aber ich habe mich trotzdem in ihr verloren. Irgendwann hatte ich keine Ahnung mehr, wer ich abgesehen von der Wut überhaupt bin.«

Es scheint ihm zu helfen, das alles endlich auszusprechen und mit jemandem zu teilen. Je mehr er redet, desto ruhiger wird er und desto seltener schnieft er. Ich wünsche mir, er hätte früher mit mir darüber gesprochen, damit ich ihm schon eher einen Teil der Last hätte nehmen können.

»Du hängst also in so einem beschissenen Teufelskreis fest. Du bist einsam und das macht dich wütend, aber durch die Wut verkriechst du dich noch mehr, anstatt gegen die Einsamkeit vorzugehen.«

»Ja«, stimmt er leise zu und seine Schultern entspannen sich. »Seitdem wir uns kennen, ist es besser geworden, aber ich bin trotzdem verdammt oft unsicher und schrecklich einsam. Deine Nähe und Freundschaft haben mir geholfen, mehr mit der Sache abzuschließen, und ich habe ein wenig das Vertrauen wiedergefunden, dass mein Leben nicht für immer so bleiben wird, wie es gerade ist. Vor allem seit wir auch mit Lee und den anderen Zeit verbringen. Es hilft mir, wieder in einer Gruppe unterwegs zu sein.«

Ich bin unglaublich froh, diese Worte zu hören. In den letzten Wochen habe ich mehrmals mit Lee über Miika gesprochen. Über seine Stille und Zurückgezogenheit, wenn wir mit den anderen zusammen sind. Über sein Lächeln, das so ansteckend ist, aber dennoch die Distanz zu meinen Herzensmenschen nicht überwinden kann. Über die Heftigkeit, mit der Miika sich mir anvertraut und mich in sein Leben lässt, während es die anderen schwer haben, ihn intensiver kennenzulernen. Dabei würde Lee das gern, wie ich von ihnen weiß. Vielleicht kann ich Miika helfen, mehr aus sich herauszukommen, nun da ich mir sicher bin, dass es ihm guttut, mit meinen Mitbewohnenden Zeit zu verbringen.

»Wenn du magst, können wir gern öfter etwas mit den anderen unternehmen. Jetzt im Prüfungsstress setzen wir uns regelmäßig abends zusammen und schauen gemeinsam einen Film oder veranstalten einen Spieleabend, um uns für ein paar Stunden abzulenken. Du hast die letzten Wochen echt gefehlt, und zwar nicht nur mir. Ari hat sich mehrfach nach dir erkundigt und gemeint, dass es sich seltsam anfühlt, dich plötzlich gar nicht mehr zu sehen. Ich glaube, er mag dich.«

»Obwohl ich mich kaum in eure Gespräche einbringe, schweigend bei dir sitze und dir am liebsten auf Schritt und Tritt hinterherlaufen würde, um nicht allein mit den anderen zu sein?« Neben Skepsis schwingt Freude in seiner Stimme mit, wenngleich nur schwach. Fast so, als wolle er sich nicht zu früh darüber freuen, dass er ein Teil meiner Freundesgruppe geworden ist.

»Es ist sowas von egal, wie viel du redest. Sora hat Monate gebraucht, bis sie sich wohlgefühlt und gern Zeit mit uns verbracht hat. Es reicht, dass du mit dabei bist.«

»Das zu hören tut gut«, murmelt er und kuschelt sich fester an mich. »Ich wünschte, wir wären bei dir und könnten uns in dein Bett legen und schlafen.«

Mir entschlüpft ein leises Lachen. »Es ist erst gegen Mittag, bist du schon so müde?«

»Bin ich immer. Außerdem habe ich Einschlafprobleme, weil ich mich so daran gewöhnt habe, dass du neben mir liegst.«

Ein Schmunzeln ziert meine Lippen und ich drücke ihm einen Kuss auf die Haare. »Soviel ich weiß, hast du ebenfalls ein Bett.«

»Das allerdings in einem Chaos verborgen liegt, bei dem ich keine Ahnung habe, wie ich es bewältigen soll.«

»Ich kann dir beim Aufräumen helfen, wenn du magst«, biete ich an.

»Sicher, dass du nichts Besseres zu tun hast? Das wird ewig dauern.«

»Mir egal. Zu Hause würde ich sowieso nichts Produktives auf die Reihe bekommen, solange ich weiß, dass du allein in deinem Chaos sitzt.«

»Wir könnten auch zu dir gehen und ich kümmere mich um mein Zimmer, sobald ich wieder hier bin«, überlegt Miika, doch ich schüttle den Kopf.

»Nur, dass du das nicht machen, sondern die Unordnung weiter ignorieren würdest. Lass sie uns lieber jetzt beseitigen, damit du später in ein ordentliches Zimmer zurückkehren kannst.«

»Na gut. Dann lass uns aber direkt anfangen, bevor ich es mir anders überlege.«

Wir stehen auf und ich nehme mein Handy. Nachdem ich es mit Miikas Musikbox verbunden und die Lautstärke vorsorglich reduziert habe, scrolle ich durch meine Playlisten und entscheide mich dann dafür, all meine Lieblingssongs auf Zufallswiedergabe zu stellen. Es ertönt *Young, In Love & Depressed AF* von Call Me Karizma. Erst zögere ich, ob ich nicht doch ein anderes Lied wählen soll, aber da Miika nichts dazu sagt, lasse ich es weiterlaufen.

»Ich habe es vermisst, deine Musik zu hören«, meint Miika, nachdem er dem Song bis zur zweiten Strophe gelauscht und dabei seine herumliegende Kleidung auf einen großen Haufen zusammengetragen hat. »An ein paar Songtitel habe ich mich erinnert, aber als ich sie mir angehört habe, ohne dass davor und danach ähnliche Lieder kamen, haben sie mir doch nicht mehr so gut gefallen. Es hat einen ganz eigenen Vibe, wenn du die Musik auswählst.«

»Hätte ich das gewusst, hätte ich dir den Link zu meinem Spotify-Profil geschickt.« Ein breites Lächeln liegt auf meinen Lippen, während ich das dreckige Geschirr neben Miikas Kleidung sammle. Ich mag es, dass ihm mein Musikgeschmack gefällt. »Apropos Musik: Mir war nicht bewusst, dass du Rock magst.«

»Tu ich nicht«, sagt er und kräuselt die Nase. »In den letzten Tagen hat es sich nur gut angefühlt, solche Musik auf voller Lautstärke zu hören. Es hat etwas die Leere in mir betäubt und mich davon abgehalten, in meinen Gedanken zu ertrinken.«

Ich hasse es, zu wissen, wie verloren Miika sich oft fühlt. Hasse die Hoffnungslosigkeit, die er durch eine lockere Tonlage zu überspielen versucht, die aber trotzdem in jedem seiner Worte mitschwingt.

»Und zum Teil habe ich das Album heute Morgen auch nur gehört, um meine Mitbewohnenden abzufucken«, fügt Miika hinzu und klingt dabei gleich viel zufriedener. »Die gehen mir aktuell extrem auf die Nerven und da hilft laute Musik wunderbar, um es ihnen heimzuzahlen.«

»Wusste gar nicht, dass in dir so ein kleiner Racheengel schlummert«, necke ich ihn und lache, als mich ein zur Kugel geformtes Kleidungsstück am Rücken trifft.

»Das hat jetzt nur meine Aussage untermalt«, feixe ich und befördere das Shirt zurück auf den Kleiderhaufen. Zwar hätte ich nichts gegen eine ausgelassene Kissen-, oder in diesem Fall besser gesagt: Kleiderschlacht, aber das würde erstens unseren bisherigen Fortschritt beim Aufräumen zunichtemachen und zweitens würde mit Sicherheit etwas von dem Geschirr kaputtgehen.

Die nächsten Stunden vergehen wie im Flug. Wir lachen und singen bei Songs, die wir beide kennen, lauthals mit. Am frühen Nachmittag verziehen wir uns für eine Weile in die Küche, wo wir ein paar belegte Brote essen und uns an den Abwasch machen, während die Waschmaschine sich um Miikas Kleiderberg kümmert.

Draußen ist es schon dunkel, als das Zimmer schließlich gestaubsaugt und wir endlich fertig sind. Geschafft, aber zufrieden mit unserer Arbeit, liegen Miika und ich auf seinem Bett und schauen uns lächelnd an.

»Danke, dass du mir geholfen hast. Allein hätte ich das nie bis zum Ende durchgezogen.«

»Hab ich gern gemacht. Es hat gutgetan, den Tag mit dir zu verbringen«, antworte ich und breite meine Arme aus. Miika fasst das korrekt als Einladung auf, rutscht zu mir und kuschelt sich an mich. Es ist so verdammt schön, ihn festhalten zu können.

Während ich vorhin sein Bett neu bezogen habe, war er duschen, und seine feuchten Haare verströmen einen angenehmen Geruch nach Apfel und Minze, eine

Mischung, die ich so bisher noch nicht an ihm wahrgenommen habe, die mir aber gefällt.

»Ist das hier eigentlich die Decke, die ich dir bei unserem ersten Treffen auf dem Dach geschenkt habe?«, frage ich und löse einen Arm von ihm, um die Kuscheldecke unter seinem Kopfkissen hervorzuziehen. Zusammengeknüllt klemmte sie zwischen Bettrahmen und Zimmerwand, sodass ich sie vorhin fast übersehen hätte.

Miika hebt den Kopf, schenkt der gestreiften Decke einen Blick und nickt. »Ja. Aber seit sie nach dem ersten Waschen deinen Geruch vollständig verloren hat, habe ich sie kaum benutzt«, murmelt er und kuschelt sein Gesicht wieder an meine Schulter.

Ungelenk breite ich die Decke über uns aus und lege dann erneut beide Arme um seinen Rücken. »Soll ich sie mit in meine Wohnung nehmen und dir zurückgeben, sobald sie nach mir anstatt Waschmittel riecht?«, biete ich ihm an und kann nicht verhindern, dass ein amüsiertes Lächeln auf meinen Lippen liegt.

»Das wäre super«, brummt Miika, und ich kann mir vorstellen, dass seine Wangen diesen süßen roten Farbton angenommen haben, wie immer, wenn er sich durch seine eigenen Worte in Verlegenheit gebracht hat. Bisher war das jedes Mal der Fall, wenn er mir nebenbei zu verstehen gegeben hat, was er an mir mag.

»Miika? Willst du, dass wir weiterhin etwas auf Abstand bleiben? Seit wir uns kennen, ist alles so schnell gegangen und gefühlt sind nur wenige Tage nach unserem ersten Treffen vergangen, bis wir uns fast täglich gesehen und superviel Zeit zusammen verbracht haben. Ich kann verstehen, wenn dir das zu viel geworden ist.«

Er gibt ein belustigtes Schnauben von sich. »Am liebsten würde ich dich nie wieder loslassen und für immer kuschelnd im Bett liegen bleiben. Ich will keine Pause, ich war einfach nur unglaublich überfordert mit meinem Leben und dem Studium und dachte, dass es unfair wäre, dich in dieses Chaos mit hineinzuziehen. Aber der Tag heute hat mir gutgetan und ich werde versuchen, mich nicht wieder so zurückzuziehen, sondern mit dir über meine Probleme zu reden. Vorausgesetzt, das ist okay für dich.«

»Ist es«, bestätige ich. »Heißt das, wir machen so weiter wie vor den letzten drei Wochen? Wir sehen uns also wieder öfter?«

»Ich hoffe es«, murmelt er.

Bevor einer von uns mehr dazu sagen kann, schrillt im Flur die Türklingel und es dauert nur Sekunden, bis frustrierte Stimmen in der WG laut werden.

»Wer von euch Idioten hat es jetzt schon wieder nicht auf die Reihe bekommen, seinem Besuch zu sagen, dass die Schließanlage kaputt ist?«, brüllt jemand durch den Flur, und ich verziehe das Gesicht. Das Herumgeschreie ändert auch nichts daran, dass unten jemand im Regen darauf wartet, dass die Tür geöffnet wird.

»Krieg dich wieder ein, Carlo!«, tönt es aus einem anderen Zimmer. »Du nervst gerade tausendmal mehr als die Klingel!«

Miika greift grummelnd nach einem Kissen und zieht es sich über den Kopf, als wolle er damit die sich streitenden Stimmen auslöschen oder zumindest dämpfen.

»So sehr ich es vermisst habe, mit dir zu kuscheln, können wir bitte irgendwas anderes machen, als hier rumzuliegen?«, fragt Miika und ich kann ihm anhören, wie arg er das Zusammenleben mit seinen Mitbewohnenden verabscheut.

»Klar. Hast du Hunger? Wir könnten Pizza bestellen und einen Film schauen«, überlege ich, da wir dabei in unsere eigene kleine Welt abtauchen könnten, in der uns das Geschehen in der restlichen WG nicht weiter interessiert.

»Eigentlich will ich nicht hierbleiben. Gehen wir raus und holen uns unterwegs was zu essen?«, schlägt Miika vor.

»Klingt gut. Hast du eine dichte Jacke für mich? Ich würde es nur ungern riskieren, mich mitten in der Prüfungszeit zu erkälten und krank zu werden.«

»Natürlich.«

Wir warten noch ein paar Minuten, bis es in der WG wieder ruhig geworden ist, bevor wir aufstehen und uns für das nasse Januarwetter wappnen.

Eine gute halbe Stunde später laufen wir durch den abendlichen Schlossgarten. Meine Schuhe geben bei jedem Schritt ein schmatzendes Geräusch von sich, doch wenigstens stecke ich in einer gefütterten Jacke, in der ich mindestens genauso sehr versinke wie in Miikas

Pullover. Auf meinem Rücken befindet sich ein Rucksack von Miika, in dem ich seine wenigen Zimmerpflanzen transportiere, die während der vergangenen Wochen überlebt haben. Sie haben alle einen so kläglichen Eindruck gemacht, dass ich mich ihrer einfach annehmen musste. Hoffentlich reicht die Verpackung aus mehreren Lagen Zeitungspapier aus, um sie bis zu mir zu bringen. Es wäre zu schade, wenn sie auf dem Weg zu meiner Wohnung erfrieren würden.

Außer uns sind fast nur Menschen mit Hunden unterwegs. Obwohl es nicht mehr regnet, ist der Wind eisig und lässt meine Wangen vor Kälte taub werden. Meine linke Hand ist tief in der Jackentasche vergraben, mit der rechten halte ich Miikas Finger in seiner Tasche umschlossen. Ganz nah laufen wir nebeneinander, unsere Schultern berühren sich immer wieder, und ich mag es, wie friedlich sich dieser Spaziergang anfühlt. Unsere Umgebung wird durch die spärlichen Lampen in ein schummriges Gelb getaucht und die Geräusche der nahen Straße dringen dank der Lärmschutzwände nur gedämpft zu uns.

»Normalerweise macht es mir immer Angst, bei Dunkelheit hier zu sein. Der Park hat etwas Gruseliges an sich und ich habe das Gefühl, dass es hier hunderte Orte gibt, an denen sich Menschen, die nichts Gutes im Schilde führen, verstecken könnten«, sagt Miika irgendwann, und ich kann nur zu gut nachvollziehen, was er meint.

»Was ist heute anders?«

»Ich bin nicht allein. Mit dir zusammen fühle ich

mich sicherer, weshalb mich die spärliche Beleuchtung nicht stört. Du bist so eine Art Licht in der Dunkelheit, weißt du? Wie mein persönlicher Leuchtturm, der auf mich aufpasst.«

Seine Worte lassen mich im ersten Augenblick sprachlos zurück. Immer wieder vergesse ich, wie poetisch Miika sich manchmal ausdrückt.

»Das gefällt mir«, sage ich dann, und aus meiner Stimme ist mein glückliches Grinsen deutlich herauszuhören. Ich ziehe Miika noch etwas näher zu mir und bringe ihn dabei versehentlich zum Stolpern. Zu gern würde ich irgendetwas Ebenbürtiges von mir geben, das in ihm einen ähnlich warmen Sturm an positiven Gefühlen auslöst, wie einer in mir tobt, aber mir fällt nichts ein.

Als wir unter einer der Parklaternen entlang gehen, schaue ich zu Miika und sehe, dass seine Wangen knallrot sind.

»Vergiss, dass ich das gesagt habe. Manchmal sollte ich nachdenken, bevor ich den Mund aufmache und sowas Peinliches von mir gebe«, murmelt er vor sich hin.

»Du musst dich nicht dafür schämen, ich finde es süß«, versichere ich ihm, da es mich traurig macht, dass er sich wegen seiner Worte unwohl fühlt.

Mit einem verlegenen Grinsen auf den Lippen schaut er zu mir. »Wirklich?«

»Absolut. Ich weiß genau, was du meinst. Ich fühle mich auch sicherer mit einem starken Typen wie dir an meiner Seite«, gebe ich feixend von mir.

»Oh, halt die Klappe, Rick!« Miika lacht und schubst mich, doch damit habe ich gerechnet und lasse mich nicht aus dem Gleichgewicht bringen. »Ich hasse es, wenn du dich über mich lustig machst!«

Sofort halte ich inne. »Wirklich? Ich will nicht, dass du dich unwohl fühlst.« Nur weil er lacht, heißt das schließlich nicht, dass ihn meine Worte nicht stören.

»Nein, gerade mag ich es. Du darfst weitermachen, solang du es nicht übertreibst.«

»Ich und übertreiben? Würde ich nie!«, behaupte ich scheinheilig, was dazu führt, dass wir erneut in Lachen ausbrechen.

»Ja, ja, wer's glaubt, wird selig, oder wie heißt es so schön?« Er greift nach meiner Hand, die bei unserem Herumgeschubse aus seiner Tasche gerutscht ist, und verschränkt unsere kalten Finger miteinander. »Ich mag es, dass du nachgefragt hast, ob deine Worte okay für mich sind. Bei dir habe ich immer das Gefühl, dass ich wichtiger als irgendein Scherz bin.«

»Das bist du ja auch!« Bestürzt halte ich an und warte, bis er mich anschaut. »Du bist sehr viel wichtiger als eine Bemerkung, mit der ich andere zum Lachen bringen kann. Ich würde nie einen Witz auf deine Kosten machen, wenn ich weiß, dass das für dich nicht in Ordnung ist.«

»Gut zu wissen«, sagt er und lächelt auf diese Art, bei der ich mir sicher bin, dass er meine Worte ernst nimmt und mir glaubt. Seine Augen haben einen weichen Ausdruck, seine Wangen sind gerötet und seine Grübchen deutlich sichtbar.

Lächelnd schauen wir einander an, bis Miikas Blick plötzlich nach oben schnellt.

»Schneit es?«, fragt er und klingt dabei so freudig aufgeregt, dass ich lachen muss. Aber tatsächlich – als ich es ihm gleichtue und mein Gesicht gen Himmel hebe, schweben weiße Flocken auf uns hinab.

»Ich liebe Schnee«, wispert Miika und klingt dabei ganz ehrfürchtig und im Augenblick verloren. Mit einem Schwarm Schmetterlinge im Bauch betrachte ich, wie er mit geschlossenen Augen die Schneeflocken auf sein Gesicht fallen lässt, wo sie schmelzen und als Wassertropfen über seine Haut rinnen. Normalerweise bin ich es, der sich im Moment verliert, und ich mag es, diesmal ihn dabei beobachten zu können.

»Lass uns weitergehen. Nicht, dass die Pflanzen in deinem Rucksack wirklich erfrieren«, reißt Miika sich schließlich los. Wir setzen uns wieder in Bewegung und durchqueren den nun menschenleeren Park, aus dem mittlerweile auch die Hundebesitzenden verschwunden sind.

»Heute Morgen habe ich nicht damit gerechnet, dass der Tag so endet. Ich bin froh, dass du vorbeigekommen bist. Es war echt eine undurchdachte Idee, dich zu ignorieren. Keine Ahnung, woher der Gedanke kam, dass mir das helfen würde, mit meinem Leben klar zu kommen. Habe ich dich mit meinem Verhalten verletzt?«

Kurz lasse ich die vergangenen Wochen Revue passieren und schüttle dann den Kopf. »Nicht wirklich. Mir ist schon länger klar gewesen, dass in dir momentan einiges vorgeht, und ich habe mir gedacht, dass du Zeit für dich brauchst. Durch den Besuch heute wollte ich nur sichergehen, dass ich nicht irgendetwas falsch verstanden habe und du mich dauerhaft nicht mehr in deinem Leben haben möchtest.«

Sein Blick schnellt zu mir, und als ich ihn erwidere, lese ich Reue und Bestürzung auf seinem Gesicht. »Das will ich nicht! Also ich will dich nicht nicht in meinem Leben haben! Also ich würde dich gern weiterhin bei mir haben!« Er spricht so schnell, dass er sich verhaspelt, und ich muss mir das Lachen verkneifen.

»Das dachte ich mir«, erwidere ich schmunzelnd und drücke seine Hand.

»Es tut mir leid, dass ich das nicht besser kommuniziert habe.«

»Ist okay, versprochen. Nächstes Mal wäre es schön, wenn du mir kurz Bescheid geben könntest, damit ich dir nicht wieder hunderte Nachrichten schreibe.« Verlegen erinnere ich mich an die letzten Wochen, in denen ich ständig irgendetwas gefunden habe, das ich mit Miika teilen wollte. Zwar ist mir recht schnell klar geworden, dass er Zeit für sich braucht, aber ich konnte mich trotzdem nicht zurückhalten und habe ihm verdammt viele Sachen geschickt.

»Ehrlich gesagt mochte ich das. Es war angenehm, immer wieder von dir zu lesen. Vor allem, als du deine Selbstgespräche begonnen hast.« Er kichert und verschwunden ist meine Verlegenheit. Ich hatte angenommen, dass er meinen Chat entweder stumm geschaltet oder ihn nur angeklickt hat, damit die Zahl der neuen Nachrichten ihn nicht nervt. Dass er offenbar die Mehrheit der Texte gelesen hat, erwärmt mein Herz.

»Ich habe ständig Videos oder Bilder gefunden, von denen ich dachte, dass sie dich aufmuntern könnten«, erkläre ich.

»Das haben sie, ich hatte nur keine wirkliche Kraft, um darauf zu reagieren. Angeschaut habe ich mir trotzdem alles. Es hat gutgetan, abends im Bett zu liegen, mir irgendwelche Tiervideos anzuschauen und zu wissen, dass du an mich gedacht hast.«

Wir verlassen den Park, überqueren im Schneegestöber eine Straße und sind plötzlich umgeben von Menschen, die mit gesenktem Kopf durch die Gegend hasten. Miika lässt meine Hand los, drängt sich aber jedes Mal an mich, wenn uns mehrere Leute gleichzeitig entgegenkommen und es eng auf dem Gehweg wird. Immer wieder streifen sich unsere Handrücken und diese unbeabsichtigten Berührungen senden elektrische Stöße durch meinen Körper, lassen mich erzittern und wärmen mich zugleich auf.

»Ich mag diese ganzen Lichter. Dieses Gefühl von neuem Jahr, wenn die Überreste der Weihnachtsbeleuchtung noch vorhanden sind, sich aber trotzdem alles nach Neuanfang anfühlt«, überlege ich, als mir auffällt, dass in vielen Geschäften die Dekoration nach wie vor aus kunterbunten Lichterketten besteht.

»Ich weiß ja nicht, ob Ende Januar noch ›neues Jahr‹ ist«, neckt Miika mich und lacht.

»Neujahr geht bis Ende Februar!«, behaupte ich, was er mit einem Kopfschütteln kommentiert.

»Schon mal in einen Kalender geschaut? Neujahr ist ganz klar nur der erste Januar.«

»Laaangweilig«, sage ich und gähne demonstrativ. »Ich lass mir doch von einem Kalender nicht vorschreiben, wie lang Neujahr ist.«

Unser Wortwechsel geht weiter, bis wir von der belebten Einkaufsstraße in eine ruhige Nebenstraße abbiegen. Ich kann es kaum erwarten, endlich in meiner Wohnung zu sein. Obwohl Miikas Jacke gemütlich ist, habe ich nichts dagegen, den restlichen Abend in eine Kuscheldecke gemummelt auf der Couch oder dem Bett zu sitzen und mich von einem Heißgetränk innerlich wärmen zu lassen.

»Ich würde übrigens alles dafür tun, dass es dir besser als heute Morgen geht«, sage ich, als wir nur noch wenige Straßen von meiner Wohnung entfernt sind.

Miika schaut mich überrascht an, so als habe er nicht damit gerechnet, dass ich dieses Thema erneut aufgreifen würde. Doch es ist mir wichtig, dass er meine Gedanken dazu kennt, denn auch wenn es ihm gerade besser zu gehen scheint, haben sich seine Sorgen und Probleme nicht in Luft aufgelöst.

»Ich will nur, dass du das weißt. Du kannst immer zu mir kommen, egal ob du reden oder dich ablenken willst.«

»Danke.« Er lächelt. »Es war sowieso eine komische Idee, mich in meinem Zimmer zu isolieren. Ich meine, ich hasse meine WG und es wäre logischer gewesen, noch mehr Zeit bei dir zu verbringen, wenn es mir hätte besser gehen sollen.«

»Hast du schon mal überlegt, dir eine andere WG zu suchen? Vielleicht wäre etwas Kleineres mit nur ein oder zwei Mitbewohnenden eher was für dich«, überlege ich. Aktuell wohnt er mit sieben ihm fremden Menschen zusammen, und das würde selbst für mich eine Herausforderung darstellen, obwohl ich gern neue Personen kennenlerne.

»Darüber habe ich auch schon nachgedacht, aber ich habe keine Ahnung, wie ich eine andere WG finden soll. Meine aktuelle habe ich über die Uni vermittelt bekommen, deshalb habe ich mich bisher nie damit auseinandersetzen müssen. Am liebsten würde ich eh allein wohnen, aber das ist so verdammt teuer, dass ich es mir nicht leisten kann.«

Er seufzt, und in diesem Seufzen liegt so viel Resignation, dass ich ihn gern schütteln und ihm sagen würde, dass er sich nicht mit seiner Ausgangslage zufriedengeben soll, wenn diese ihn derart belastet. Selbstverständlich tue ich das nicht, sondern drücke stattdessen seine Hand.

»Falls ich dir bei der Wohnungssuche helfen soll, sag Bescheid, okay? Zusammen finden wir schon heraus, wie das funktioniert.«

Miika lächelt mich an. »Mach ich, versprochen.« In seiner Stimme liegt ein Zögern, so als wolle er noch mehr sagen, bräuchte aber Zeit, um sich seine Worte zurechtzulegen. Neugierig laufe ich neben ihm her und warte darauf, zu erfahren, was ihm durch den Kopf geht.

»Das vorhin, was ich mit dem Licht in der Dunkelheit und dem Leuchtturm gesagt habe, war zwar verdammt kitschig und wollte ich eigentlich anders formulieren, aber inhaltlich stimmt das absolut. Du bist die positive Gegenseite zu all dem Mist, der sonst so in meinem Leben passiert. Danke dafür.«

Obwohl ich eben noch nicht schnell genug aus der Kälte herauskommen konnte, bleibe ich stehen und ziehe Miika in eine enge Umarmung, die er überrascht erwidert.

»Ich bin so froh, dass wir uns kennengelernt haben«, murmle ich gegen seine Kapuze, ehe ich mich von ihm löse. »Gehen wir nach Hause?«

»Sehr gern.« Miika lächelt, und vielleicht ist es das breiteste Lächeln, das ich seit Langem auf seinem Gesicht gesehen habe. Seine Augen strahlen ein wenig heller, seine Mundwinkel sind ein Stück weiter angehoben und seine Grübchen laden noch etwas mehr dazu ein, hineinzupiksen. Er sieht rundum zufrieden aus, und gerade ist das alles, was es braucht, um mich glücklich zu machen.

Lebensabschnittstrauer

Während ich bei Nacht über den spärlich erleuchteten Campus gehe, laufen mir stumme Tränen die Wangen hinunter. Wie oft war ich in den vergangenen Jahren hier und habe es gehasst. Unzählige Male musste ich mich morgens aus dem Bett quälen, weil ich überall lieber gewesen wäre als hier. Und doch tut es weh, dass das hier mein letzter Spaziergang als Student sein wird. Sobald ich morgen das Sekretariat verlasse, bin ich offiziell exmatrikuliert.

Ich wünschte, es gäbe Spinde wie in der Schule, damit ich das Ende mit dem Ausräumen meiner Sachen unterstreichen könnte. Doch da gibt es nichts, was ich mitnehmen könnte. Mein Laptop liegt zu Hause auf meinem Schreibtisch, die meisten meiner Unibücher sind zurück in der Bibliothek oder verkauft.

Schniefend wische ich mir über die Augen und bereue es, Rick nicht mitgenommen zu haben.

Aber vielleicht ist es besser so. Um die Trauer verarbeiten zu können, muss ich sie schließlich zulassen und spüren, während ich sie mit Rick lediglich verdrängen würde. Denn das ist es: Trauer. Um mein Studium, das ich endlich abgebrochen habe, obwohl ich mich fast bis ins sechste Semester gequält habe. Trauer um all die Freundschaften, die ich hätte schließen können. Um all die verpassten Gelegenheiten und Ereignisse, Partys, bei denen ich mich in meinem Zimmer ein-

geschlossen habe, anstatt neue Menschen kennenzulernen.

All das tut so scheiße weh und doch bin ich froh,
endlich einen Schlussstrich gezogen zu haben. Noch bin
ich mir unsicher, wie ich die nächsten Monate über die
Runden kommen soll, aber da wird sich schon was ergeben. Es findet sich immer irgendein Weg, so viel hat
Rick mir inzwischen klargemacht.

Und obwohl gerade alles wehtut, hilft es mir, an Folgendes zu denken: Das Ende eines Lebensabschnittes
ist immer der Anfang eines neuen.

Angst

»Ich habe Angst«, schluchzt er und zerreißt mir damit das Herz. Sein Körper bebt, während ich ihn festhalte und so eng an mich ziehe, wie ich nur kann.

»Ich weiß«, murmle ich und küsse seine Haare. Wünsche mir, ihm helfen zu können, aber das kann ich nicht. Egal was ich versuchen werde, aus seiner Angststarre muss er sich von selbst lösen.

»Was mache ich, wenn ich keine Wohnung finde? Wenn mein Geld nicht ausreicht?«

»Du kannst immer zu mir kommen.«

»Du hast doch selbst gerade genug, um dich entspannt über Wasser zu halten«, weint er, klingt aber schon nicht mehr vollständig am Boden zerstört.

»Wenn es darauf ankommt, dann reicht es«, sage ich und glaube ganz fest daran. »Außerdem ist zweimal wenig manchmal genau passend für zwei. Wir kriegen das hin, Miika. Versprochen.«

NachtTerror

Es ist mitten in der Nacht und ich fühle mich so unendlich verloren in der Dunkelheit, meinen Gefühlen und der Welt.

Du liegst neben mir, dein Atem sanft und gleichmäßig. Beruhigend.

Und doch würde ich am liebsten weinen.

Du bist das Beste, was mir dieses Jahr passiert ist, aber gerade reichst du nicht, um meine Sorgen zu vernichten.

Tränen kullern meine Wangen hinunter und in meinem Bauch sitzt diese verdammt Angst, die einfach nicht gehen will.

Du rollst dich zur Seite, gibst ein leises Grummeln von dir.

Ein Schluchzen verlässt meine Kehle, ich schniefe und drehe mich weg von dir, um dich nicht zu wecken.

Es gibt zu viele Nächte wie diese, in denen ich in meinen Gedanken ertrinke und an meinen Ängsten ersticke.

Hochhaus

»Das Zimmer ist winzig.« Seufzend fahre ich mir durch die Haare und weiß nicht, ob ich lachen oder weinen soll. Inzwischen brauche ich so dringend eine Wohnung, dass ich nicht wählerisch sein kann. Trotzdem hätte ich mir etwas Größeres gewünscht, einen Ort, der sich nach Zuhause anfühlt.

»Ich mag es. Ist zwar klein, aber mit ein wenig Farbe an den Wänden und passenden Möbeln gar nicht übel. Und wenn der Umzug beendet ist, schenke ich dir ein paar Pflanzen und Bücher, und dann sieht alles gleich gemütlicher aus.«

Rick steht in der Mitte der Ein-Zimmer-Wohnung und überlegt, wie wir meine wenigen Einrichtungsgegenstände am besten platzieren können. »Wenn du die Kommode hier schrägstellst und das Bett in diese Richtung drehst, hast du sogar Platz für eine kleine Leseecke. Das wolltest du doch, oder? Einen Sitzsack oder ein paar große Kissen, zusammen mit so einer hölzernen Stehlampe.«

Mit funkelnden Augen schaut er mich an, als könne er es kaum erwarten, die Wohnung mit mir einzurichten. Seine Jacke steht offen und ich lächle, als ich das rot-blau gestreifte Shirt erkenne, das er sich vor Wochen von mir ausgeliehen hat.

»Danke, dass du mir hilfst«, sage ich leise, ignoriere seine vorherigen Worte und bin froh, nicht allein zu sein.

Lachend überwindet er die wenigen Schritte zwischen uns. »Immer gern.« Er legt seine Arme um mich und lässt mich für einen Moment vergessen, wie schlecht ich mich eigentlich fühle.

»Das hier ist nicht für die Ewigkeit, Miika. Wenn du es nicht aushältst, kannst du jederzeit zu uns kommen, okay?«

»Okay«, murmle ich gegen seine Schulter. »Danke.«

Neuanfang

»Wie geht's dir?« Ricks Arme legen sich von hinten um meinen Bauch und sein warmer Atem streift meinen Hals, bevor er seinen Kopf auf meiner Schulter ablegt.

»Es fühlt sich seltsam an«, wispere ich und schlucke schwer. Zu meinen Füßen steht der letzte Karton in dem ansonsten leeren Raum. »Ich habe die Wohnung gehasst, aber mein Zimmer geliebt. Ich bin froh, ausziehen zu können, und gleichzeitig traurig.«

»Es ist okay, traurig zu sein. Es ist mehr als okay.«

»Ich weiß.« Tief atme ich aus, als er seine Arme von mir löst und den Karton hochhebt.

»Sollen wir wirklich nicht warten?«, fragt er und schaut mich aufmerksam an. Die Stirn gerunzelt, die Augen ein wenig zusammengekniffen, die Haare verwuschelt.

Kopfschüttelnd lehne ich ab. »Danke, aber ich muss mich allein von meinem Zimmer verabschieden.«

Lächelnd nickt er. »Okay. Wir sehen uns nachher in deiner Wohnung.«

Still schaue ich ihm dabei zu, wie er das Zimmer verlässt. Höre, wie die Wohnungstür hinter ihm ins Schloss fällt und er die Treppen hinab geht. Durch das geöffnete Fenster dringt das Lachen von ihm und seinen Mitbewohnenden – die mir beim Umzug helfen – zu mir herauf und ich seufze. Autotüren werden zugeschlagen, der

Motor angelassen und dann sind sie weg, auf dem Weg zu meiner neuen Wohnung.

Mit einer Mischung aus Erleichterung und Trauer, Freude und Angst im Bauch gehe ich ein letztes Mal durch die Räume, die in den vergangenen zweieinhalb Jahren mein Zuhause waren. Außer mir ist niemand hier – meine Mitbewohnenden sind entweder in der Uni oder haben sich anderweitig aus dem Staub gemacht. Ein Blick aufs Handy sagt mir, dass der Hausmeister in frühestens zwanzig Minuten hier sein wird, um die Schlüsselübergabe durchzuführen.

Zurück in meinem Zimmer trete ich ans Fenster und versuche zu begreifen, dass ich vermutlich nie wieder hier rausschauen werde. Dieser Raum wird in wenigen Tagen von einem anderen Menschen bezogen werden.

Ich lehne den Kopf ans kalte Glas und schließe die Augen, atme tief durch und lasse die vergangenen Monate Revue passieren. Das Kennenlernen mit Rick und die Wochen danach, in denen wir einander nähergekommen sind. All die Stunden, die ich bei ihm in der WG verbracht habe, da ich es in meiner eigenen nicht länger ausgehalten habe. Da sind Abende zu zweit und andere mit Ricks Lieblingsmenschen. Gespräche, die mir neue Perspektiven gezeigt haben.

Und dann versuche ich das erste Mal, mir die kommenden Wochen und Monate vorzustellen. Denke daran, dass Rick ab jetzt genauso oft in meiner Wohnung auftauchen wird wie ich in seiner. Stelle mir vor, wie wir gemeinsam ans Meer fahren oder spät abends aus irgendeinem Innenstadtkino kommen.

Je länger ich über all die Möglichkeiten nachdenke, umso aufgeregter kribbelt mein Bauch und desto mehr rückt die Traurigkeit in den Hintergrund. Vor mir liegt ein Leben voller Optionen, toller Menschen, Orte und Momente.

Ich muss nur danach greifen.

Nachtschmerz

Es ist eine dieser Nächte, in denen ich wach neben dir liege. In denen mir Tränen über die Wangen laufen und ich mein Schluchzen im Kissen ersticke, um deinen Schlaf nicht zu stören.

Doch anders als sonst wachst du diesmal auf. Drehst dich zu mir, wisperst meinen Namen. Als ich nicht reagiere, rutschst du näher, schiebst deinen Arm unter meine Seite und umarmst mich von hinten. Hältst mich fest, atmest müde gegen meinen Nacken.

Du fragst, was los ist, wie du mir helfen kannst. Aber wie so oft bringe ich keinen Laut hervor, kann dir nicht erklären, wieso ich mich so schrecklich einsam und verloren fühle, obwohl du direkt neben mir liegst. Warum es sich so anfühlt, als würde mein Leben in eine Richtung laufen, die ich nicht mag und bei der ich Angst habe, nicht mehr in eine andere abbiegen zu können.

Tonlos weinend liege ich da, das Gesicht von dir abgewandt, und warte darauf, dass es aufhört, wehzutun, damit ich endlich einschlafen kann.

Flug & Sturz

Wir fallen, trudeln schwerelos durchs Universum. Doch genau genommen fallen wir gar nicht. Ich fliege, lasse mich von meinen Träumen tragen, während du stürzt, hinabgezogen in ein Chaos aus Angst und Panik. Dich in meinem Leben zu haben, ist schöner als alles, was ich mir je gewünscht habe, und doch zeigst du mir gleichzeitig diese tiefen Abgründe, deren Existenz ich zwar immer geahnt, aber nie zuvor gesehen habe. Manchmal gelingt es mir für wenige Stunden, dich an die Hand zu nehmen und mit dir zu fliegen, dir meine Sicht aufs Leben näherzubringen. Dich hinterher loslassen und dabei zusehen zu müssen, wie dein Flug erneut in einem Absturz endet, bricht mir das Herz. Doch ich weiß, dass ich dich nicht endlos lang festhalten kann, wenn ich nicht mit dir zusammen ins Bodenlose stürzen will.

Sommerregen

Verschlafen blinzle ich dich an, verstehe nicht, weshalb du mich geweckt hast.

»Komm mit«, forderst du mich auf, ein breites Grinsen auf den Lippen. Auch in deinen Augen erkenne ich Müdigkeit, doch gleichzeitig ist da unbändige Freude.

Ein wenig irritiert schaue ich dabei zu, wie du mit dem Reißverschluss des Zelts kämpfst, bevor du nach draußen verschwindest. Meine nackten Füße werden von Regentropfen benetzt, und erst in diesem Augenblick bemerke ich das gleichmäßige Trommeln auf dem Zeltdach. Es vergehen ein paar Sekunden, bis ich mich aufrappele und dir folge.

»Ich dachte schon, du bist wieder eingeschlafen«, begrüßt du mich, wobei du dir die nassen Haare aus dem Gesicht streichst. »Komm«, wiederholst du dann und streckst mir eine Hand entgegen.

Ich ergreife sie, verschränke unsere Finger miteinander und folge dir. Barfuß über die feuchte Wiese, Richtung Waldrand. Dein helles Shirt ist durchsichtig geworden und auch meins wird immer klammer, doch das stört mich nicht. Nicht wirklich. Der Regen ist warm, der Morgen ebenfalls und um uns herum ist nur die Natur zu hören. Vögel, die lautstark in den Bäumen singen, das Rascheln der Blätter, die sich im sanften Wind bewegen, und das Plätschern des Regens, das die Müdigkeit aus meinem Körper vertreibt.

»Es ist so schön hier«, flüsterst du, während wir durch den Wald gehen, darauf bedacht, nicht in Brennnesseln oder Brombeerranken zu treten.

»Ja«, stimme ich zu und drücke deine Hand. So früh am Morgen fehlen mir die Worte, um dir zu sagen, wie froh ich bin, dass du mich geweckt und in den Sommerregen hinausgezogen hast. Aber wie so oft glaube ich, dass ich gar keine Worte benötige, um dir das mitzuteilen.

Ende der Welt

»Soll ich dir beim Tragen helfen?«, biete ich an, da ich nicht länger dabei zusehen kann, wie Lee versucht, zwei Wasserflaschen, einen Teller voll Muffins und eine Teigschüssel auszubalancieren.

Bei meinen Worten dreht Lee sich zu mir um.

»Mick! Cool, dass wir dich mal wieder zu Gesicht bekommen!« Lee lacht mich an und stellt die Sachen ab, um mich in eine schnelle Umarmung zu ziehen. Bei dem Spitznamen werden meine Wangen warm.

»Wir haben uns doch erst am Wochenende gesehen«, sage ich verlegen grinsend und nehme eine der Flaschen und den Teller vom Tisch. Noch immer habe ich mich nicht vollständig daran gewöhnt, dass sich außer Rick auch andere Menschen freuen, wenn wir Zeit miteinander verbringen.

»Kommt mir wie eine Ewigkeit vor. Die letzten Wochen wart ihr meistens bei dir. Nicht, dass ich euch das übelnehme, aber ich mag es, wenn du hier bist.«

Damit hat Lee nicht unrecht. Seit ich aus der Studierenden-WG in eine winzige Ein-Zimmer-Wohnung gezogen bin, sind Rick und ich oft bei mir. Normalerweise

ist Rick bereits da, wenn ich von der Arbeit komme, und weil mein neuer Alltag mir den Großteil meiner Energie raubt, bleiben wir meistens dort. Die Wohnung liegt in der Nähe meines Arbeitsplatzes und war deshalb eine gute Wahl, doch es ist schade, Ricks WG nicht mehr so häufig zu sehen. Da ich am äußersten Stadtrand wohne, dauert es fast vierzig Minuten bis zur WG – keine Ewigkeit, aber da Ricks Zeitplan flexibler ist als meiner, kommt er der Einfachheit halber zu mir.

»Wir haben übrigens Besuch. Ich hoffe, Rick hat dich vorgewarnt?«, vergewissert sich Lee und verlässt die Wohnung.

»Hat er«, bestätige ich, schließe die Tür hinter uns und folge Lee die Treppe hinunter.

Kaum habe ich die Tür zum Hinterhof geöffnet, stupst eine weiche Schnauze gegen meine Hand, in der ich die Wasserflasche trage.

»Hallo«, sage ich überrascht zu dem braun-schwarzen Hund, der schwanzwedelnd vor mir steht und mich aus gutmütigen Augen ansieht. »Wer bist du denn?«

Lachend geht Lee an mir vorbei, stellt die Flasche und die Schüssel auf den vom Sperrmüll geretteten Tisch und nimmt mir den Muffinteller ab, bevor der Hund sich darüber hermachen kann. Kaum habe ich mich im Schneidersitz auf den Boden gesetzt, wird mein Gesicht von einer nassen Zunge abgeschlabbert. Lächelnd streiche ich dem Hund durch das weiche Fell und fühle mich an den Tag in meiner Kindheit zurückversetzt, an dem wir unseren damaligen Familienhund kennengelernt haben.

»Das ist Rafi«, erklärt Rick, der in der Zwischenzeit zu uns gekommen ist und sich zu mir auf Rafis andere Seite hockt. Als ich den Blick hebe und ihn anschaue, liegt ein warmes Lächeln auf seinen Lippen. »Schön, dass du da bist«, sagt er leise, während Rafi uns abwechselnd übers Gesicht leckt und noch freudiger wedelt.

»Ich scheine nicht der Einzige zu sein, den deine Anwesenheit freut«, stellt Rick schmunzelnd fest.

»Ich freue mich, dich kennenzulernen, Rafi«, sage ich und fahre weiter durch sein flauschiges Fell. Das hier ist genau das, was ich jetzt brauche. Einen wuscheligen Hund, der sich zufrieden von mir streicheln lässt, und Rick, dessen bloße Anwesenheit alles schon ein Stückchen besser macht. Beides zusammen ist eine Wohltat für meine Seele.

»Wie war dein Tag?«, erkundigt Rick sich leise, als wolle er verhindern, dass die anderen uns hören.

»Nicht so super«, antworte ich ausweichend. Das größte Chaos in meinem Leben habe ich geordnet, doch meine Lieblingsstunden des Tages sind weiterhin die, die ich mit Rick verbringe.

»Willst du gleich darüber reden? Wir können hoch gehen und ich koche dir was zu essen, während du mir erzählst, was los ist. Ohne, dass die anderen uns stören«, schlägt Rick vor, aber ich schüttle den Kopf.

»Das hat Zeit bis später.« Gerade will ich lieber weiter Rafi kraulen, statt über meinen Tag nachzudenken.

»Okay. Sag Bescheid, falls du es dir anders überlegst.« Er lehnt sich nach vorn und drückt mir einen kurzen Kuss auf die Schläfe, was mir ein verlegenes Grinsen entlockt. In den vergangenen Wochen haben sich nicht nur viele äußere Umstände verbessert, auch die Beziehung zu Rick hat sich verändert. Sie ist enger und intimer geworden, noch etwas ehrlicher und sanfter. Seit mich im Januar alles überfordert hat, gab es kaum einen Tag, an dem wir uns nicht wenigstens kurz gesehen haben. Gemeinsam sind wir eine Baustelle in meinem Leben nach der anderen angegangen und Rick hat mir dabei geholfen, Lösungen zu finden und den Überblick zu behalten. Nie hat er die Geduld verloren, selbst dann nicht, wenn ich zum wiederholten Mal an derselben Sache verzweifelt bin. Meine Dankbarkeit für seine Anwesenheit lässt sich nicht in Worte fassen, doch ich glaube, er weiß trotzdem, wie viel er mir bedeutet.

Ein Räuspern reißt mich aus meinen Gedanken.

»Stellst du uns einander vor?«

Erst jetzt erinnere ich mich daran, dass Rick Besuch hat. Als ich meinen Blick von Rafi löse, sehe ich, dass neben Lee und Gwen eine mir unbekannte Person auf dem selbstgebauten Palettensofa sitzt, das eine Seite des kleinen Hofes einnimmt.

»Lass ihn doch erstmal ankommen und Rafi begrüßen«, erwidert Rick und grinst erst seinen Besuch und dann mich an. »Das ist Pascal, mein Bruder«, sagt er und deutet auf den jungen Mann, dessen schulterlange blonde Haare an den Spitzen knallpink gefärbt sind, und der mich lächelnd mustert.

»Und du bist Miika, Ricks ›roommate‹«, stellt Pascal fest und setzt mit den Fingern imaginäre Anführungszeichen in die Luft.

»Wir wohnen nicht mal zusammen, du Pfeife.« Rick verdreht die Augen, tauscht aber ein breites Grinsen mit seinem Bruder aus.

Für einen Augenblick verschlägt es mir die Sprache. Pascals Ähnlichkeit zu Rick ist unglaublich, trotz der unterschiedlichen Augenfarbe, Frisur und des Altersunterschieds von ein paar Jahren. Beide haben die gleiche Stupsnase, die gleichen definierten Wangenknochen, die gleichen lachenden Augen. Der deutlichste Unterschied zwischen ihnen ist wohl ihr Charakter; während Rick mir durchweg ein gutes Gefühl gibt, scheint Pascal gern zu provozieren.

»Hey«, murmle ich, unwissend, was ich sonst sagen soll. Zwar weiß ich schon seit Wochen, dass Ricks Geschwister für einige Zeit in Deutschland sein werden, aber darauf vorbereitet, einem von ihnen gegenüberzustehen, hat mich das nicht.

Lee fängt meinen Blick auf und kichert. »Sei froh, dass Kieran heute nicht dabei ist. Alle drei Brüder auf einem Haufen sind weitaus überfordernder.«

»Ach komm, so schlimm sind wir nicht«, schmollt Pascal und stößt Lee sacht in die Seite. »Du hast es bisher auch mit uns ausgehalten.«

»Aber nur, weil es euch für mich von Anfang an nur im Dreierpack gab«, kontert Lee. »Rick allein kennenzulernen, ist was komplett anderes.«

»Lass dich nicht von Pascal verunsichern«, sagt Rick so laut, dass es mit Sicherheit nicht nur für meine Ohren bestimmt ist. »Er ist es gewohnt, dass sich Menschen lieber mit Rafi als mit ihm beschäftigen.« Er-

neut küsst er mich auf die Schläfe und steht dann auf.

Sofort vermisse ich seine Wärme, weshalb ich eilig nach seiner ausgestreckten Hand greife und mir von ihm aufhelfen lasse.

»Sei nicht so gemein«, schmollt Pascal, bevor er sich an mich wendet. »Sag bitte Bescheid, wenn ich über die Stränge schlage oder du dich ernsthaft unwohl fühlst. Ich kann nicht gut einschätzen, wann es zu viel ist.«

»Mach ich«, verspreche ich und erwidere vorsichtig sein Lächeln, ehe ich wieder zu Rick schaue. »Ich hole mir schnell was zu essen, okay?«, gebe ich ihm Bescheid, bevor er mich mit zum Sofa und den davor stehenden Hockern aus Getränkekisten, auf denen kunterbunte Sitzkissen liegen, ziehen kann. Vorhin habe ich vergessen, mir etwas mit runter zu nehmen, doch nun knurrt mein Magen. Nachher gibt es zwar Stockbrot und wir haben die Muffins, aber ich will den anderen nicht alles wegessen.

»Klar.« Lächelnd drückt Rick meine Hand, bevor er sie loslässt, mir seinen Schlüsselbund gibt und ich nach oben in die Küche gehe. Rafi folgt mir, was Pascal nicht zu stören scheint.

Während ich mir eilig zwei Sandwiches belege, wächst die Vorfreude in mir. Das Kennenlernen mit Ricks Bruder war zwar etwas seltsam, aber wenn ich Pascal und seinen Umgang mit Ricks Herzensmenschen richtig einschätze, ist er ein netter Mensch, der lediglich manchmal nicht merkt, wann er einen Gang zurückschalten sollte. Außerdem ist es endlich Frühling geworden und die Abende warm genug, um sie draußen zu verbringen. Das heute ist der Anfang eines Sommers voller Hinterhof-Feuern und Stockbroten, voller Geschichten und lautem Lachen.

Mit meinem Essen in der Hand will ich die Wohnung wieder verlassen, als sich die Tür zu Soras Zimmer öffnet.

»Hey«, begrüße ich sie überrascht, da mir nicht klar war, dass sie zu Hause ist. »Kommst du mit runter?«

»Weiß nicht.« Unentschlossen runzelt sie die Stirn. »Ich mag keine neuen Menschen.«

»Ich auch nicht.« Wir tauschen ein Grinsen. Viel haben wir bislang nicht miteinander geredet, doch nach so manchem Abend, an dem wir still neben den anderen auf dem Sofa gesessen und das Geschehen beobachtet haben, ist eine Verbindung zwischen uns entstanden. Keine tiefe, aber ich fühle mich wohl in ihrem Beisein. Von Ricks Herzensmenschen ist sie mir am ähnlichsten.

Rafi schiebt sich an meinen Beinen vorbei und schnuppert an Soras Hand, bevor er sich zwischen uns auf den Boden plumpsen lässt und sie mit großen Augen anschaut. Wie ich vorhin, geht Sora sofort in die Hocke und streicht durch das weiche Fell.

»Das ist Rafi«, sage ich, da sie ihn vermutlich noch nicht kennengelernt hat. »Und Pascal scheint in Ordnung zu sein. Ich würde mich freuen, wenn du mit runter kommst.«

Sora zögert einen Augenblick, ehe sie aufsteht. »Na dann«, meint sie und grinst mich vorsichtig an. »Lass uns gehen, bevor ich es mir anders überlege.«

 148

Gefolgt von Rafi verlassen wir die Wohnung und stehen wenig später im Hinterhof, in dem mittlerweile ein kleines Feuer brennt. Wobei es mehr qualmt als brennt; Lees Fluchen und Gwens Lachen nach zu urteilen, haben sie nasse Holzscheite zum Anzünden erwischt. Während Lee und Pascal in der Glut herumstochern, sitzt Rick in eine Decke gewickelt auf einer umgedrehten Getränkekiste und nippt an einer Wasserflasche. Als er Sora und mich entdeckt, zieht er eine zweite Kiste zu sich und greift nach einem auf dem Sofa liegenden Sitzkissen. Kaum habe ich mich zu ihm gesetzt, legt Rafi sich zu unseren Füßen nieder und bettet seinen Kopf in meinen Schoß. Wahrscheinlich will er nur etwas von meinem Essen abhaben, aber ich freue mich trotzdem über seine Wärme.

»Pascal, ich glaube, du musst ohne Rafi nach Hause gehen«, stellt Gwen fest, die neben uns auf dem Sofa sitzt, und bringt uns damit zum Lachen.

»Bei aller Freundschaft – Rafi nimmt mir so schnell niemand weg.« Als Pascal Rafis Namen nennt, hebt dieser den Kopf, schaut Pascal einen Augenblick lang an und trottet dann gemächlich zu ihm, um sich dort kraulen zu lassen, während ich mich meinem Essen widme.

»Wir sollten uns einen WG-Hund anschaffen«, überlegt Rick, wobei er näher zu mir rutscht und die Decke um meine Schultern ausbreitet. Dankend lächle ich ihn an. In den wenigen Minuten, die ich in der Wohnung gewesen bin, hat die einsetzende Dämmerung den Hof in schummrige Halbdunkelheit gehüllt und es ist merklich windiger geworden.

»Wir dürfen keine Haustiere halten«, merkt Gwen an und sieht dabei genauso enttäuscht aus wie Rick.

»Vielleicht sollten wir noch mal mit unserer Vermieterin reden, Platz genug haben wir doch«, überlegt Lee, klingt dabei aber selbst nicht recht überzeugt von dieser Idee. Dann blitzen their Augen auf und they schaut mich verschwörerisch grinsend an. »Was ist mit dir? Darfst du Tiere halten?«

Obwohl mir der Gedanke an tierische Gesellschaft gefällt, schnaube ich belustigt. »Du warst doch beim Umzug dabei und hast die Wohnung gesehen. Ich habe nicht mal Platz für einen Hamster.«

»Hmmh.« Nachdenklich kratzt Lee sich am Kopf. »Der Hund könnte offiziell bei dir wohnen, aber du kommst eben oft zu Besuch. Und wenn du arbeiten bist, passen wir auf ihn auf. Es ist ja nicht verboten, dass unser Besuch Tiere mitbringt.«

»Ich glaube nicht, dass unsere Vermieterin davon begeistert wäre. Da ist es unkomplizierter, in eine Wohnung zu ziehen, in der Haustiere erlaubt sind«, wirft Rick ein.

Daraufhin wird es kurz still, nur das Knistern des Feuers und Rafis Hecheln sind zu hören. Bis auf Pascal scheinen wir alle über einen möglichen Umzug nachzudenken – wie so oft in den vergangenen Tagen.

Fast zeitgleich mit meiner Entscheidung, das Studium abzubrechen, hat Ari uns erzählt, dass er für seinen Master in eine andere Stadt ziehen wird. Aktuell pendelt er mehrmals die Woche zwei Stunden zur Uni und wieder zurück, und es wird sicher nicht mehr lange

dauern, bis er eine Wohnung oder WG an seinem neuen Studienort findet. Für den Rest stellt sich dadurch die Frage, was sie mit dem bald leerstehenden Zimmer machen. Da mein Mietvertrag auf sechs Monate befristet ist und eine Verlängerung nicht möglich sein wird, haben wir überlegt, ob ich Aris Zimmer übernehmen soll. Wirklich Gefallen habe ich an dem Gedanken jedoch noch nicht gefunden. Ich habe Angst, dass sich zwischen Rick und mir etwas negativ verändert, wenn wir dauerhaft zusammenwohnen.

»Habe ich was verpasst?«, fragt Pascal in die Runde und schaut uns nacheinander mit gerunzelter Stirn an. Mir gefällt, wie er sich in die Gruppe einfügt und ganz selbstverständlich dazugehört.

»Ari zieht demnächst aus und wir wissen nicht, ob wir die Wohnung behalten«, fasst Rick zusammen, was uns allen durch den Kopf zu gehen scheint.

»Oh«, erwidert Pascal betroffen. »Aber ihr liebt die Wohnung!«

Das ist es, was uns Kopfzerbrechen bereitet. Rick und Lee wohnen hier seit ihrem Abitur und haben sich die Räume über die Jahre so zu eigen gemacht, dass es wehtut, darüber nachzudenken, woanders einen Neustart zu wagen. Hier ist ihnen jeder Winkel vertraut und überall liegen Erinnerungen in der Luft. Dellen in den Wänden und Böden erzählen von lustigen und besonderen Momenten, die oftmals selbstgebauten Möbel sind perfekt auf ihre Standorte angepasst.

»Lasst uns über was anderes reden«, brummt Sora und stochert mit einem Stock im Feuer herum, das in-

151

zwischen richtig brennt. Sie kennt die Wohnung nur ein paar Monate länger als ich und auch ihr Herz hängt daran. »Darüber können wir uns später den Kopf zerbrechen. Wollen wir das Stockbrot rösten?«

»Schläft Mick?«, fragt Lee eine ganze Weile später.

»Nicht mehr«, murmle ich gegen Ricks Schulter, auf der ich eingenickt bin. Rick wiederholt meine Worte lauter, während ich mich aufrichte und mir verschlafen über die Augen wische. Das Feuer ist kleiner und der Himmel dunkler geworden, die Stimmung im Hinterhof dadurch noch gemütlicher. Um einige von Ricks größeren Pflanzen sind bunte Lichterketten gewickelt und wir alle sind in kuschelige Decken gehüllt. Neben Rick und mir sitzt Pascal auf einer dritten Getränkekiste, die anderen haben das Sofa beschlagnahmt.

»Warum nennst eigentlich nur du Miika Mick?«, will Pascal von Lee wissen.

»Das musst du nicht mich fragen, offenbar finden alle ›Rick und Miika‹ besser als ›Rick und Mick‹«, erklärt Lee und verdreht theatralisch die Augen.

»Miika ist einer der coolsten Namen, die ich kenne, da kürze ich den doch nicht zu sowas Gewöhnlichem wie Mick ab!«

Ich grinse bei Ricks Worten, da diese Unterhaltung bereits mehrfach geführt wurde und beide eisern an ihren Meinungen festhalten. Beim ersten Mal hat mich das Gespräch unheimlich in Verlegenheit gebracht,

doch jetzt ist da nur Zufriedenheit in mir, während ich dem vertrauten Wortwechsel lausche.

Gähnend lehne ich mich gegen Rick, der seinen linken Arm um meinen Rücken legt und seine Finger in meine schiebt. Obwohl ich inzwischen besser mit Worten umgehen kann, findet ein großer Teil unserer Kommunikation noch immer über diese kleinen Berührungen statt.

»Wärst du mit uns gekommen, hättest du allein in unserer Nachbarschaft gleich mehrere Miikas und Mikaels«, erzählt Pascal und erntet dafür ein Augenverdrehen, diesmal von Rick.

»Bin ich aber nicht, und hier in Deutschland ist diese Namensvariante eben nicht so geläufig wie bei euch.« Für den Bruchteil einer Sekunde versteift sich seine Haltung und ich frage mich, ob er es bereut, nicht mit seiner Familie nach Norwegen gegangen zu sein.

»Hast du eigentlich skandinavische Wurzeln oder fanden deine Eltern den Namen einfach cool?«, hakt Pascal an mich gewandt nach.

Obwohl ich nur minimal zusammenzucke, festigt Rick seinen Griff um meinen Rücken und zieht mich beschützend näher zu sich. Er weiß genau, wie ungern ich über meine Verwandtschaft spreche.

»Die Familie meiner Mutter kommt ursprünglich aus Finnland, sie ist aber wie ich in Deutschland geboren.« Darauf hoffend, dass sich das Gespräch in eine andere Richtung wendet, sinke ich in Ricks Umarmung und lasse mich von der Vertrautheit seiner Berührung beruhigen.

Pascal beobachtet uns einen Augenblick, ehe er lächelt und das Thema wechselt. Vielleicht war das alles, was er wissen will, oder ihm ist Ricks beschützendes Verhalten aufgefallen – ich bin jedenfalls froh darüber.

»Alles in Ordnung?«, wispert Rick, während die anderen sich über Pascals Studium unterhalten.

»Mein Rücken tut weh und ich hätte nichts gegen einen Spaziergang. Zu zweit«, antworte ich nuschelnd.

»Dann lass uns eine Runde laufen gehen. Brauchst du was Wärmeres zum Anziehen?«

»Wenn ich eure Decke bekomme, kannst du meinen Hoodie haben«, bietet Lee an. Sieht so aus, als sei unsere Unterhaltung nicht so leise gewesen, wie ich gedacht habe.

»Und du kannst meine Jacke haben«, sagt Gwen an Rick gewandt und schält sich aus der dunkelblauen Softshelljacke.

Dankend nehmen wir das Angebot an.

»Können wir Rafi mitnehmen?«, fragt Rick, während ich mir den Pullover über den Kopf ziehe und Lee sich zufrieden in unsere Decke wickelt. Weder them noch Gwen scheint es zu stören, dass sie nur in T-Shirt und mit einer um die Schultern gelegten Kuscheldecke dasitzen.

»Klar.« Pascal nimmt die herumliegende Leine, macht sie an Rafis Halsband fest und reicht sie Rick, der sie sogleich an mich weitergibt.

»Bis nachher«, verabschiedet sich Sora, bevor wir uns zu dritt auf den Weg durch die nächtlichen Straßen machen. Die Frühlingstemperaturen haben nicht nur unsere Freundesgruppe nach draußen getrieben. Immer wieder schallen Gelächter oder Musik von Balkonen herab und aus Hinterhöfen heraus. Auch der angenehm rauchige Feuergeruch liegt weiterhin in der Luft.

»Willst du darüber reden, was auf Arbeit los war?«

Am liebsten würde ich verneinen und vergessen, dass es nach wie vor Dinge gibt, die mich tagtäglich stören. Doch inzwischen weiß ich, dass es mir besser geht, wenn ich mit Rick spreche.

»Ich habe das Gefühl, dass ich nicht zum Team gehöre. Alle sind freundlich und ich bekomme meine Aufgaben auf die Reihe, aber ich kann diese Distanz zu den anderen nicht überwinden.« Wie so oft hört Rick mir schweigend zu, denn meistens brauche ich genau das. Warm liegt seine Hand in meiner und ich drücke sie fest.

»Es ist ein bisschen so, wie es am Anfang mit unseren Freunden war«, füge ich hinzu und lächle, als ich *unsere* statt *deine* sage. Es hat lange gedauert und eine klare Ansage von Ari gebraucht, bis ich angefangen habe, Ricks Herzensmenschen auch als meine zu bezeichnen. »Diesmal werde ich nur nicht mit offenen Armen empfangen und habe niemanden wie dich, der mich an die Hand nimmt und nicht loslässt, bis ich mich wohlfühle.«

Wir bleiben stehen, da Rafi seine Schnauze in einem kahlen Busch vergräbt und ausgelassen schnuppert. Da wir es nicht eilig haben, passen wir uns seinem Tempo an.

»Woran machst du fest, dass du nicht zum Team gehörst?«

»Da sind lauter Kleinigkeiten«, beginne ich und lache gequält auf. Warum sind es immer diese kleinen Sachen, die mich zum Verzweifeln bringen? »Manchmal nehme ich versehentlich die Lieblingstasse von irgendwem und dann schauen mich alle so irritiert an, ohne was zu sagen. Oder heute habe ich einem Kollegen etwas von meinem Obstsalat angeboten, da ich nicht wusste, dass er fruktoseintolerant ist.«

»Aber das ist doch normal.« Ricks Stimme ist ruhig und nachdenklich. Er sagt das nicht nur, um mich zu besänftigen, sondern weil er es so meint. »Du arbeitest erst seit wenigen Wochen mit deinem Team zusammen, da ist es logisch, dass du sie und ihre Eigenschaften noch nicht kennst. So ist es bei uns schließlich auch.«

»Nein«, widerspreche ich. »Weil ihr nicht voraussetzt, dass ich alles weiß. Ihr grinst, erklärt mir, wie ich ins Fettnäpfchen getreten bin, und dann lachen wir gemeinsam darüber. Auf Arbeit fühle ich mich für dieses Unwissen verurteilt, sodass ich mich nicht traue, mehr über mich preiszugeben.«

»Hmmh. Um ehrlich zu sein, klingt es nicht, als bestünde dein Team aus Menschen, mit denen ich gern Privates teilen würde.«

Rafi setzt sich so plötzlich in Bewegung, dass ich durch den unerwarteten Zug an der Leine ins Stolpern gerate. Von Rick kommt ein belustigtes Glucksen, ehe er sich beeilt, wieder zu uns aufzuschließen. Erneut schiebt er seine Finger in meine und drückt sie sacht.

»Vertraue deinem Einschätzungsvermögen, Miika. Es ist vollkommen in Ordnung, mit seinem Team nur

über die Arbeit zu kommunizieren. Du musst dich mit niemandem anfreunden oder etwas von dir preisgeben. Du entscheidest, was andere über dich erfahren sollen. Ich bin mir sicher, du weißt bereits, wie du dich gern verhalten würdest, also lass dich nicht von irgendwelchen sozialen Normen oder Erwartungen daran hindern.«

Seine Worte schweben zwischen uns. Vor einem halben Jahr hätte ich erst über sie gelacht und sie dann ignoriert. Doch ich bin nicht mehr der Miika von vor sechs Monaten und so überlege ich, ob es überhaupt irgendeinen Vorteil hat, mein Team intensiver kennenzulernen.

»Danke«, sage ich leise. »Ich glaube, darüber muss ich mal in Ruhe nachdenken.«

»Mach das.«

Einträchtig schweigend trotten wir Rafi hinterher, Hand in Hand, bis mir meine Frage von vorhin wieder einfällt.

»Bereust du es manchmal, nicht mit deiner Familie nach Norwegen gegangen zu sein?«

Im Gegensatz zu mir erzählt Rick häufig von seinen Eltern und Geschwistern, seiner Kindheit und Jugendzeit. Von Akzeptanz, Verständnis und dem Gefühl, nie auf sich allein gestellt zu sein. Der heutige Abend mit Pascal hat mir nur bestätigt, was ich längst weiß: Rick liebt seine Familie über alles.

»Nein«, sagt er dennoch sofort. »Klar, manchmal vermisse ich die vier schrecklich, besonders Kieran. Aber das würde ich auch, wenn sie bloß am anderen Ende Deutschlands wohnen würden. Ich liebe meine Eltern

und Brüder, doch ich hätte Lee nie hier zurücklassen können. Ich brauche them in meiner Nähe, brauche das Wissen, dass ich nicht-blutsverwandte Menschen in meinem Leben habe, denen ich bedingungslos vertrauen kann. Das mag für viele keinen Sinn ergeben, doch so funktioniert mein Kopf.« Warm lächelt Rick mich an und streichelt mit dem Daumen meinen Handballen. »Außerdem hätte ich dich nicht kennengelernt, wenn ich mitgegangen wäre.«

Mir entweicht ein Kichern. »Dafür offenbar eine Menge andere Miikas.«

Kurz stimmt er in mein Lachen ein, bevor er erstaunlich schnell wieder ernst wird und mich vorsichtig anschaut. »Es gibt da noch was, worüber ich mit dir reden wollte.«

»Ja?« Ich grinse ihn an und bemerke, wie seine Wangen rot werden. Überrascht bleibe ich stehen und wende mich ihm vollständig zu. Seit wann wird Rick rot, wenn er über etwas Bestimmtes reden will?

»Als Pascal das vorhin gesagt hat, also dass du mein ›roommate‹ bist ...« Wie sein Bruder zeichnet er Gänsefüßchen in die Luft. »Na ja, da habe ich mir gedacht ... dass wir endlich mal darüber reden sollten, was genau das zwischen uns ist«, druckst er herum und nestelt nervös am Reißverschluss von Gwens Jacke.

»Du willst jetzt das Gespräch führen, dem wir seit Monaten aus dem Weg gehen?«, vergewissere ich mich breit grinsend. Der Abend entwickelt sich in eine Richtung, die ich nicht habe kommen sehen, doch das stört mich nicht. Voller Vorfreude klopft mein Herz und ich verspüre den Drang, mein Gewicht von einem Fuß auf den anderen zu verlagern.

»Ja. Vorausgesetzt, du willst das auch.«

»Absolut«, antworte ich wie aus der Pistole geschossen, was dazu führt, dass meine Wangen ebenfalls warm werden.

Rick lächelt und scheint dank meiner enthusiastischen Reaktion einen Großteil seines üblichen Selbstbewusstseins wiedererlangt zu haben. »Okay. Wollen wir uns einen Park mit Bank suchen und uns hinsetzen?«

»Können wir lieber weitergehen? Ich bin zu aufgeregt, um mich hinzusetzen.«

Das entlockt ihm ein Lachen. »Klar. Aber warum bist du so aufgeregt?«, fragt er, als wir uns Hand in Hand in Bewegung setzen.

»Warum hat dich allein die Frage, ob wir das Thema endlich ansprechen wollen, eben so in Verlegenheit gebracht?«, kontere ich.

»Weil du mir wichtig bist und ich einen Augenblick Panik bekommen habe, dass du spontan entscheidest, dass wir ab hier lieber getrennter Wege gehen.«

Belustigt schnaube ich und fühle mich dabei unendlich wohl. Es tut gut zu wissen, dass auch Rick Momente hat, in denen sein Kopf ihm vollkommen absurde Szenarien als realistisch präsentiert.

»Und ich dachte bislang, dass ich derjenige von uns bin, der alles kaputt denkt.«

»Normalerweise ist das ja auch der Fall«, neckt er mich.

Zustimmend nicke ich und beschließe, dass es an der Zeit ist, endlich über unsere Beziehung zu reden, bevor wir es doch wieder auf später verschieben.

»Da wir offensichtlich keine roommates sind ... was sind wir dann? Was wärst du gern?«

Darüber denkt er nicht lang nach. »Dein Partner, fester Freund oder wie auch immer du es nennen magst. Ich ... ich würde am liebsten eine exklusive romantische Beziehung mit dir führen. Es soll sich gar nicht groß was ändern, sondern ich will mir nur zu hundert Prozent sicher sein können, dass wir dasselbe wollen. Manchmal habe ich Angst, dass ich uns falsch verstehe und wir uns unterschiedliche Dinge wünschen.«

Heute scheinen unsere Rollen vertauscht zu sein. Selten bin ich mir so im Klaren darüber, was ich will, und selten habe ich Rick so verletzlich erlebt.

»Mir geht es genauso«, bestätige ich lächelnd.

»Gut.« In diesem einen Wort liegt eine so tiefe Erleichterung und Freude, dass ich nicht anders kann, als glücklich glucksend stehen zu bleiben und ihn in eine stürmische Umarmung zu ziehen.

»Das ist wirklich sehr gut«, murmelt er gegen meinen Hals und drückt seine Lippen kurz auf meine Haut, ehe er mich etwas von sich schiebt und mir ernst in die Augen schaut. Es verwirrt mich, wie sprunghaft er von einer Emotion zur nächsten übergeht, aber das schiebe ich auf seine Nervosität.

Erwartungsvoll schaue ich ihn an.

»Ich will das an der Stelle einmal ganz direkt ansprechen, damit uns beiden klar ist, worauf wir uns ein-

lassen«, beginnt er und räuspert sich. Verlegen streicht er sich durch die blond gefärbten Haare. »Egal, wie okay es für mich irgendwann sein wird, berührt zu werden, ändert das nichts daran, dass ich mich sexuell zu niemandem hingezogen fühle. Ich bin nicht abgeneigt, das ein oder andere auszuprobieren, aber das werden Ausnahmen sein. Ich bin ace und das sollte dir bewusst sein.«

Erleichterung gepaart mit Sorge spiegelt sich auf seinem Gesicht wider, und ich kann ihm ansehen, wie viel Mut ihn diese Worte gekostet haben. Nicht, weil es ihm schwerfällt, zu sich selbst zu stehen, sondern wegen meiner möglichen Reaktion. Mir kommen seine Erzählungen von vorherigen Partnern in den Sinn und ich schlucke das glückliche Lachen hinunter. Auch wenn es mir unverständlich ist, wie so etwas passieren kann, hat Rick Situationen wie diese erlebt, in denen sein Gegenüber Ricks Worte zum Anlass genommen hat, kein Teil mehr von seinem Leben sein zu wollen. Vielleicht ist Rick diesem Gespräch deshalb so lang ausgewichen. Weil er tatsächlich Angst hat, dass ich mich umdrehe und gehe.

»Ich weiß das, Rick.« Ich schlüpfe mit der ganzen Hand durch die Halteschlaufe von Rafis Leine, sodass mir diese in der Armbeuge hängt und ich mit beiden Händen nach Ricks Fingern greifen kann. »Ich weiß das und es ist okay für mich. Wenn es für dich kein Problem ist, dass ich nicht asexuell bin, würde ich gern dein fester Freund sein und eine exklusive romantische und sexuelle Beziehung mit dir führen. Also nicht, dass ich

Sex mit dir möchte – also, ich meine, ich hätte schon gern welchen, aber ich brauche das nicht, ich –«

An dieser Stelle unterbreche ich mich selbst und atme einmal tief durch.

»Was ich sagen will, ist, dass ich keine sexuelle Beziehung mit anderen Menschen neben der romantischen mit dir führen möchte.«

Ricks angespannter Gesichtsausdruck geht in ein so breites Lächeln über, wie ich es noch nie gesehen habe. Seine Augen strahlen vor Freude und seine Wangen glühen.

Diesmal ist er es, der mich in eine ungestüme Umarmung zieht.

»Ich weiß gar nicht, was ich sagen soll, um dir zu zeigen, wie viel mir deine Worte bedeuten und wie glücklich du mich damit machst«, flüstert er mir ins Ohr.

»Du musst nichts sagen, ich fühle mich genauso.«

Rafi scheint die positive Aufregung zu spüren, denn er stemmt seine Pfoten gegen unsere Beine und versucht, seine Schnauze zwischen unsere Körper zu schieben. Lachend lösen wir uns voneinander, und erst jetzt wird mir bewusst, dass sich die letzten Minuten in aller Öffentlichkeit abgespielt haben. Auf der Straße fahren Autos und Fahrräder vorbei und die Menschen, denen wir im Weg stehen, umrunden uns teils mit genervten Blicken, teils mit einem Lächeln. Seltsamerweise ist mir das überhaupt nicht unangenehm. Sollen sie doch schauen, wie sie wollen. Ihre Meinung über uns ändert nichts an Ricks Strahlen, und das ist das Einzige, was mir gerade wichtig ist.

»Was glaubst du: Wie viele Menschen denken, sie haben eben eine Verlobung miterlebt?«, fragt Rick und kichert, ehe er mich an die Hand nimmt und sich in Bewegung setzt.

»Ich habe nicht die geringste Ahnung.«

Ein paar Hausecken weiter finden wir eine Straße, die wie ausgestorben ist. Zufrieden lächelnd zieht Rick mich in den Schatten zwischen zwei Wohnhäusern, der kaum genug Raum bietet, um bequem nebeneinander zu stehen. Doch das stört uns nicht. Rick drückt mich vorsichtig mit dem Rücken an die Hauswand und stellt sich so nah vor mich, dass sich hinter ihm sogar eine dritte Person vorbeiquetschen könnte.

»Was wird das hier?«, frage ich glucksend. Da ist so viel Glück und Freude in mir, dass ich gar nicht weiß, wie ich je Herr darüber werden soll.

Lächelnd zuckt Rick mit den Schultern. »Mir war nach etwas Zweisamkeit, ohne dass wir beobachtet werden können. Ich brauche nämlich eindeutig mehr Umarmungen von meinem Freund.«

Rafi lässt sich auf den Boden zu unseren Füßen plumpsen und schaut uns mit in der Dunkelheit leuchtenden Augen an, als wolle er uns versprechen, dass er sich benehmen wird und wir uns nicht von ihm stören lassen sollen.

Die Umarmung, in der Rick und ich uns nun wiederfinden, ist weniger stürmisch, dafür aber umso inniger. Fest ziehe ich ihn an mich, spüre, wie er sein Gesicht an meine Halsbeuge drückt, seine Hände unter Lees Pullover schiebt und langsam über meinen Rücken fährt.

Minutenlang stehen wir so in der Dunkelheit, atmen im gleichen Rhythmus und wärmen einander.

»Shit, mir war nicht klar, dass deine Nähe noch besser ist, wenn ich weiß, dass du mein Freund bist«, raune ich.

Wir lösen uns ein bisschen voneinander, gerade genug, um dem anderen ins Gesicht schauen zu können. Es ist zu dunkel, um den Ausdruck in Ricks Augen erkennen zu können, aber ich bin mir sicher, dass sie noch immer unglaublich strahlen.

»Ich mag es, ganz offiziell dein Partner zu sein. Und dich als meinen festen Freund vorstellen zu dürfen. Das darf ich doch, oder?«

Ich weiß, dass er ein Nein respektieren würde, und das ist einer der Gründe, weshalb ich nicke. »Natürlich«, wispere ich, kann die aufkeimende Unsicherheit allerdings nicht vollständig aus meiner Stimme vertreiben. Eine unerklärliche Angst, die tief in mir sitzt und mich nicht loslassen will.

»Miika«, sagt Rick und streicht mir sacht über die Wange. »Ist es dir lieber, wenn ich dich erst frage, bevor ich dich anderen vorstelle? Ich würde es gern meinen Herzensmenschen und meiner direkten Familie erzählen, der Rest ist mir unwichtig, wenn du dich dabei unwohl fühlst.«

»Danke«, bringe ich mit brüchiger Stimme hervor. Mir ist plötzlich nach Weinen zumute, einem positiven Weinen. Einem, bei dem ich vor Glück und Freude und Dankbarkeit fast platze. Nicht nur Rick scheint heute eine Achterbahn der Gefühle zu durchleben.

»Ich habe es dir schon einmal gesagt und werde es gern wiederholen: Du bist mir wichtiger als fast alles andere. Ich will dich einfach nur glücklich sehen«, erklärt er bestimmt und lehnt seine Stirn an meine.

Schniefend lächle ich und nehme seinen Atem auf meinen Lippen wahr, ohne dabei den Drang zu verspüren, meine auf seine zu drücken.

»Darf ich dir einen Kuss auf die Nasenspitze geben?«, frage ich und erhalte ein leises Lachen als Antwort.

»Wenn du möchtest.«

»Darf ich dabei auch dein Gesicht festhalten und über deine Wangen streichen?«

Ihn solche Sachen zu fragen, ist mir längst nicht mehr unangenehm, doch der Kuss auf die Nase ist trotzdem aufregend. Bislang durfte ich sein Gesicht lediglich mit meinen Fingern berühren.

»Ja.« Seine Stimme ist so rau wie beim ersten Mal, als ich ihn mit seinem Einverständnis berührt habe.

Sanft streiche ich ihm über die erhitzten Wangen, bevor ich meine Hände an diese lege und ihn zu mir ziehe. Es ist nur ein flüchtiger Kuss, den ich auf seine Haut drücke, einer von denen, wie er mir ständig welche schenkt. Ein Schaudern durchläuft seinen Körper und ich lächle, als ich meine Stirn wieder an seine lege, meine Hände jedoch an seinem Gesicht lasse.

»War das okay?«

»Absolut«, murmelt er und erneut spüre ich seinen Atem auf meinen Lippen, ganz nah und vertraut. Vielleicht ist es *nur* ein Kuss auf die Nasenspitze, doch

er ist intimer als manch *richtiger* Kuss, den ich erlebt habe.

»Danke für dein Vertrauen«, wispere ich wie so oft nach Momenten wie diesem, in denen wir einander körperlich auf unsere ganz eigene Art nähergekommen sind.

Unter meinen Fingern heben sich seine Mundwinkel zu einem breiten Lächeln. »Wollen wir nach Hause gehen? Es gibt da ein paar Menschen, denen ich meinen festen Freund gern vorstellen würde.«

»Ich würde dir bis ans Ende der Welt folgen, wenn du mich darum bitten würdest.«

Da ist sie wieder, die altbekannte Hitze in meinen Wangen.

Rick gibt glucksende Laute von sich. »Na, wenn das so ist. Für den Anfang reicht mir meine WG, aber das Ende der Welt lässt sich irgendwann bestimmt einrichten.« Er küsst mich auf die Stirn, und ich stelle fest, dass da kein Schamgefühl in mir ist. Zwar brennt mein Gesicht, doch da ist kein Unwohlsein wegen meinen unüberlegten Worten. Da ist nur tiefe Zuneigung und Sicherheit.

»Komm, lass uns nach Hause gehen«, wiederholt Rick und löst meine Hände von seinem Gesicht. Die eine verschränke ich mit Ricks, mit der anderen greife ich nach Rafis Leine, die die ganze Zeit locker in meiner Ellenbeuge hing. Rafi nimmt das als Einladung, aufzustehen und mit wedelndem Schwanz unsere verschränkten Hände abzuschlabbern.

»Übrigens würde ich dir auch ans Ende der Welt

folgen«, sagt Rick etwas später, als uns nur wenige Straßen von seiner Wohnung trennen. »Nur, um das klargestellt zu haben.«

Wegfahren

Manchmal träume ich davon, mich ins Auto zu setzen und loszufahren. Die Stadt mit all ihrem Lärm, den Menschen, Erinnerungen und Ängsten hinter mir zu lassen und einfach zu fahren. Hinein in die Sonne, den Regen oder die Nacht. Egal wohin, Hauptsache Kopf aus und Fuß aufs Gaspedal.

Ich habe keinen Führerschein und kein Auto, doch manchmal träume ich davon, ans Meer zu fahren. Mit einem Zelt und etwas Essen im Gepäck. Die Sterne an unterschiedlichen Orten zu sehen und festzustellen, dass ich überall zu Hause sein kann, solange ich den Nachthimmel mit seinen Sternbildern und dem Mond über mir habe.

Gedanken wie diesen habe ich oft, doch heute überlege ich zum ersten Mal, ob ich all das wirklich allein erleben will. Vielleicht brauche ich gar keinen Führerschein, muss gar nicht selbst fahren. Ich muss nur ein Auto organisieren, mir Urlaub nehmen und Rick die Schlüssel überreichen, damit er mich ans Ende der Welt fährt. Denn warum sollte ich allein Abenteuer erleben, wenn ich genauso gut ihn an meiner Seite haben kann?

Slow Morning

Ich schaue dir dabei zu, wie du in zerknitterter Kleidung und mit nassen, verstrubbelten Haaren barfuß in der Küche stehst und mir von deinen Plänen für den Tag erzählst, während du uns Frühstück machst. Kleine Pfannkuchen, für dich mit Johannisbeermarmelade und für mich mit Ahornsirup. Du redest ununterbrochen, viel zu schnell, als dass mein müder Kopf hinterherkommen könnte, doch das stört uns nicht. Es ist dir unmöglich, morgens leise zu sein, und ich liebe es. Liebe deine aufgeregte Stimme, deinen Enthusiasmus und diese kindliche Vorfreude auf einen weiteren Tag.

Die Sonne schimmert durchs pflanzenverhangene Fenster, zeichnet helle Muster auf deinen Rücken, und ich bin erfüllt von Wärme. Das hier ist unser Safespace, unser sicherer Hafen. Hier können wir sein, wie wir sind. Du tatkräftig und voller Energie, ich verschlafen und randvoll mit Glück.

Sommergewitter

»Was tust du?«, frage ich irritiert, als Rick seinen Blick vom Fenster löst, aufsteht und sich seine Schuhe und eine meiner Regenjacken anzieht.

»Rausgehen. Wenn es einen Vorteil hat, dass deine Wohnung am äußersten Stadtrand liegt, dann ja wohl den, dass wir bei jedem Wetter nur wenige Minuten brauchen, um im Wald zu sein.« Mit funkelnden Augen grinst er mich an und ich weiß sofort, dass es nicht lang dauern wird, bis wir tropfnass durch den Wald gehen. Nicht, weil er mich mit aller Macht dazu überreden wird, sondern weil ich es liebe, bei ihm zu sein, wenn er sich freut.

»Aber es gewittert«, versuche ich ihn dennoch umzustimmen.

Doch das bringt ihn nur zum Lachen. »Na und? Es dauert eine halbe Ewigkeit zwischen Blitz und Donner, das Gewitter ist also gar nicht in unserer Nähe.«

Seufzend gebe ich mich geschlagen und verkneife mir ein Grinsen, als Rick mir eine Jacke gibt und ungeduldig darauf wartet, dass ich in meine Schuhe schlüpfe.

Wenig später sind wir im Wald. Der Regen trommelt auf das Blätterdach, große Tropfen platschen auf uns herunter. Es ist schwülwarm und ich schwitze so sehr, dass ich die Jacke genauso gut zu Hause hätte lassen können. Trotzdem hebt sich meine Laune, und mein

Herz wird mit jedem Schritt, den ich Rick durch den Matsch folge, leichter.

Alles ist so weit weg. Das Studium, die Wohnung, die Arbeit und meine Eltern, die Zweifel, Sorgen und Ängste. All das liegt hinter mir, kommt mir wie aus einem anderen Leben vor.

Gerade zählt nur die Gegenwart. Ricks Lachen. Seine ausgestreckten Arme, mit denen er sich im Kreis dreht. Das Glück auf seinem Gesicht, das er mit geschlossenen Augen gen Himmel streckt. Die Zufriedenheit, die mich bei seinem Anblick durchflutet.

Dach

»Wo warst du?«, frage ich leise, als er sich am Morgen wieder zu mir legt und tut, als sei er nie weggewesen. Doch ich bin diese Nacht mehrmals aufgewacht und kein einziges Mal lag er neben mir.

»Draußen.« Seine Stimme klingt müde und abgeschlagen, als habe er in den letzten Stunden kein Auge zugetan.

»Auf dem Dach?«

»Hmmh.«

Seine Zustimmung sticht, weil ich nicht wahrhaben will, dass er mich schon lange nicht mehr gefragt hat, ob ich mitkommen möchte. Doch ich verbiete mir die aufkeimenden Zweifel an mir und an uns. Dafür kenne ich ihn zu gut.

»Willst du darüber reden?«

»Nicht jetzt«, murmelt er und legt endlich seine Arme um mich. Zieht mich an sich, küsst meinen Nacken und hält mich fest. »Ich will einfach nur schlafen.«

»Okay. Aber hinterher reden wir, ja?«

»Na gut«, stimmt er wenig überzeugend zu, und mir bleibt nichts anderes übrig, als zu hoffen, dass wir nachher tatsächlich miteinander sprechen.

Ricks Griff wird lockerer, doch ich greife sogleich nach seinen Händen und halte sie vor meinem Bauch fest umschlungen. Er soll mich nicht schon wieder loslassen. Wenn ich das nächste Mal aufwache, will ich, dass er neben mir liegt.

Ein müdes Lachen verlässt seinen Mund und erneut streifen seine Lippen die Haut an meinem Hals. »Ich laufe nicht weg, Miika. Versprochen. Nicht vor dir.«

Puzzleteile

»Mach dir keine Sorgen um Rick«, sagte Lee beiläufig, während they die nächsten Puzzlestücke zusammensetzt. Seit fast drei Stunden sitzen wir in der WG-Küche, hören Musik und setzen das Bild vor uns zusammen. Ein grauer Wolf, 2500 Teile, die Rick mir zu Weihnachten geschenkt hat.

»Es ist nur ungewohnt, ihn so zu sehen.«

»Kann ich mir vorstellen.« Lee schmunzelt. »Aber mal ehrlich: Rick packt das, tut er immer. Ein paar Wochen, in denen er die Tage verschläft und die Nächte auf den Dächern der Stadt verbringt, und es geht ihm wieder besser. Versprochen.«

»Ich wünsche mir nur, dass er mit mir spricht. Ich meine, er bringt mich seit einem Jahr zum Reden und Laut-werden und Emotionen-loswerden. Wie kann er sich dann jetzt so verschließen?«

»Widersprechen wir uns nicht zu einem gewissen Grad alle selbst? Rick wird auf dich zukommen, sobald er dazu bereit ist. Da bin ich mir sicher. Hat er letztes Mal schließlich auch gemacht.«

Verwirrt runzle ich die Stirn. »Was meinst du?« Von Lee habe ich in den vergangenen Tagen einiges über Rick gelernt. Zum Beispiel, dass er immer mal wieder diese Phasen hat, in denen er sich schlichtweg weigert, ein geregeltes Leben zu führen oder andere an seinen Gedanken teilhaben zu lassen. Aber ich kann mich nicht daran erinnern, ihn selbst schon einmal so erlebt zu haben, so dermaßen neben der Spur. Das letzte Jahr war er immer mein Fels in der Brandung, und es fühlt sich seltsam an, ihn nun derart zerstreut zu erleben.

»Die Nacht, in der ihr euch kennengelernt habt. Auf dem Dach.« Lee hebt kurz den Blick, als wolle they sich versichern, dass ich them folgen kann. Dann schaut they wieder zurück in die Schachtel voller Puzzleteile. »Das war das Ende der letzten Phase. Es war auch die kürzeste, die ich miterlebt habe. So als hättest du ihn aus seinem Rhythmus gerissen. Auf eine gute Art. Du hast irgendwie verhindert, dass er sich länger abkapselt. Aber bitte verlange nicht von dir – und nicht von ihm – dass deine Anwesenheit all seine Probleme löst. Rick wirkt oft so leicht und sorglos, aber nur deshalb, weil er die meiste Zeit alles Negative von sich schiebt. Weil es als Ausgleich diese paar Wochen im Sommer gibt, in denen er mit sich selbst kämpft.«

»Es fällt mir nur schwer zu akzeptieren, dass ich ihm nicht helfen kann. Obwohl er die ganze Zeit für mich da war und jeden Mist mit mir durchgegangen ist, bis es kein Problem mehr war.«

Lee lacht und drückt mir einige Puzzleteile in die Hand, die farblich zu denen passen, mit denen ich mich theoretisch beschäftige. Praktisch schiebe ich sie seit Minuten nur hin und her.

»Hab mal etwas mehr Selbstvertrauen, Miika. Du hilfst ihm schon damit, dass er darauf vertrauen kann, dass du da bist, wenn er bereit ist, wieder zu reden. Dafür müsstest du nicht mal hier sein. Erinnerst du dich an die Zeit, in der du dich eine Weile nicht bei ihm gemeldet hast? Da hat es dir doch auch geholfen, dass er dir weiterhin Nachrichten geschrieben hat.«

»Ich weiß. Mir fehlt es gerade nur etwas, über Alltagssachen reden zu können«, gebe ich zu.

Dafür erhalte ich von Lee einen sanften Stoß in die Seite. »Ich bin vielleicht nicht Rick, aber du kannst auch mir erzählen, was dich beschäftigen.«

»Danke. Aber vor dir ist es mir peinlich, an was für Dingen ich verzweifle.«

Das bringt Lee zum Kichern. »Das Gefühl kenne ich. Und um dir zu beweisen, dass ich mein Leben auch öfter mal nicht im Griff habe: Ich hab gestern in der Bib fast angefangen zu heulen, weil ich Appetit auf Pizza hatte, aber zu faul war, um loszugehen und mir eine zu kaufen. Und als die Leute um mich herum komisch geschaut haben, habe ich Sora angerufen, so getan, als habe ich eben erfahren, dass mein Hund gestorben ist, und gewartet, bis sie mich abholt und wir zusammen Pizza essen gegangen sind. Dir muss also absolut nichts peinlich sein.«

Ich grinse und helfe Lee endlich wieder beim Puzzeln. »Haben wir uns jetzt echt drei Stunden angeschwiegen, nur um dann festzustellen, dass wir uns auch die ganze Zeit hätten unterhalten können?«

»Wenn du nicht plötzlich zum Puzzle-Weltmeister mutierst, werden wir hier noch einige Zeit sitzen, mindestens lang genug, um darüber zu reden, was dich abgesehen von Rick momentan beschäftigt.«

Regenbogenfarben

»Ist Miika da?«, fragt Rick, als er ins Wohnzimmer kommt.

Sora betrachtet ihn skeptisch, bevor sie anfängt zu grinsen. Auch meine Mundwinkel heben sich unweigerlich, als ich meinem besten Freund einen zweiten Blick schenke. Das Blau ist größtenteils aus seinen schulterlangen Haaren gewaschen, zurückgeblieben ist nur ein grünlicher Farbton, der sich an manchen Stellen mit seiner Naturhaarfarbe zu einem dreckigen Braun mischt. Ich bin mir sicher, dass es nur ein paar Tage dauern wird, bis seine Haare erneut leuchten – entweder in seinem geliebten Blau oder einem tiefen Lila, das er schon seit Wochen ausprobieren möchte.

»Weilst du wieder unter den Lebenden?«, stichelt Sora und erhält dafür ein amüsiertes Schnauben von Rick.

»Ja. Und? Ist Miika hier?«, wiederholt er und schaut mich fragend an.

Grinsend schüttle ich den Kopf und liebe das Gefühl der Erleichterung, das mich durchströmt. Ich weiß zwar, dass Ricks Abschottung immer nur eine Phase ist und nicht ewig anhalten wird – doch ich bin trotzdem jedes Mal froh, wenn es vorbei ist.

»Miika ist schon vor zwei Stunden zu sich nach Hause gefahren.« Mein Grinsen wird breiter, als für einige Sekunden Enttäuschung über Ricks Gesicht

 ♫

huscht. »Aber ich soll dir sagen, dass du auf dein Handy schauen sollst, falls du das noch nicht getan hast.«

Da ist es wieder, dieses Leuchten in seinen Augen, das nicht nur Miika in den letzten Wochen vermisst hat. Auch mir hat es gefehlt, diese tiefe Zuneigung in seinem Blick aufflackern zu sehen, sobald es um Miika geht.

»Bin gleich wieder da«, meint er und verschwindet im Flur, vermutlich, um sein Smartphone aus seinem Zimmer zu holen. Als er wenig später erneut im Wohnzimmer steht, schaut er grinsend auf das Display und lacht dann. Nicht so kurz und abgehackt wie in den vergangenen Wochen, sondern ausgelassen und befreit. Es ist ein Glucksen, das tief aus seinem Inneren an die Oberfläche drängt, und bei dem es ihm nicht unangenehm ist, dass wir es hören.

»Was hat Miika dir geschrieben?«, will Sora wissen. Fragend schaut sie von Rick zu mir, doch ich zucke mit den Schultern.

»Geht dich nichts an«, antwortet Rick, aber ich weiß genau, dass er sie nur zappeln lassen will.

Schmollend und mit Hundeblick schaut Sora ihn so lang an, bis er sein Lächeln nicht mehr verstecken kann.

»Rutscht mal«, meint er, bevor er sich zwischen uns aufs Sofa quetscht. Ich denke gar nicht daran, ihm Platz zu machen, dafür genieße ich es viel zu sehr, dass es ihm endlich wieder besser geht. Und auch ihn scheint es heute nicht zu stören, dass wir ihm so nah sind.

»Das hat er mir geschickt«, erklärt er und scrollt durch den Chat, in dem ein Regenbogenbild nach dem anderen zu sehen ist. Es sind bestimmt an die dreißig verschiedenen Motive, und nur ein paar wenige sind klassische Regenbögen. Die restlichen sind alles Mögliche – Licht, das sich in Glastüren bricht, schwach schimmernde Ölflecken, ein Rasensprenger, mehrere Springbrunnen. Darunter eine kurze Nachricht.

Ich bezweifle, dass es nachts viele Regenbögen gibt. Hier ein paar von denen, die ich in den letzten Wochen gefunden habe.

»Müssen wir das verstehen?«, fragt Sora, was Rick erneut zum Lachen bringt.

»Nein. Aber du wolltest wissen, was Miika mir geschickt hat.« Er grinst erst sie und dann mich an, wobei sein Blick eine Sekunde länger auf mir als auf ihr verharrt, und ich nicke.

»Haben sie geholfen?«, will ich wissen. In meinem Gedächtnis ist nur noch der Nachklang von einem unserer vielen Gespräche, doch ich meine mich daran zu erinnern, dass Rick erwähnt hat, dass er nach Regenbögen Ausschau hält, wann immer es ihm schlecht geht.

»Natürlich.«

Seelenflugzeuge

Seelenflugzeuge. Maschinen, mit denen wir um die Welt reisen können, ohne dass unser Körper jemals seinen Herkunftsort verlässt. Schwerelos schwebend, losgelöst von Raum und Zeit, quer durch das Universum und noch viel weiter.

Es gäbe keine Grenze, die uns aufhält, keinen Ort, den wir nie sehen werden. Reisen wäre kinderleicht, vielleicht zu leicht. Würde irgendwer im Hier und Jetzt verweilen wollen, wenn uns die Unendlichkeit offenstünde?

»Wäre es nicht schön, dorthin reisen zu können, wohin wir möchten?«, flüsterst du ausgerechnet jetzt in die Stille hinein. Stille, die uns umspannt, uns geborgen hält. Stille, wie ich sie liebe, weil ich weiß, dass du sie genauso magst.

Langsam drehe ich den Kopf in deine Richtung, nur ein kleines Bisschen, sodass du mehr bist als verstrubbelte Haare am Rande meines Sichtfeldes. Deine Augen sind geschlossen, das Gesicht hast du gen Himmel gestreckt. Du siehst so ruhig aus, so gelassen und frei. Dich so zu sehen, macht mich glücklich.

Ob du Gedanken lesen kannst? Oder ist es nur Zufall, dass uns schon wieder Ähnliches durch den Kopf geht?

Ich probiere es aus.

Denke: Du bist der schönste Mensch, den ich kenne.

Denke: Ich will dich nie wieder vermissen müssen.

Denke: Mit dir habe ich keine Angst vorm Älterwerden.

Auf deinen Lippen breitet sich ein Lächeln aus und du drehst dich zu mir. Öffnest deine Augen und schaust mich grinsend an. »Ich kann zwar keine Gedanken lesen, aber ich kenne dich gut genug, um zu wissen, dass du uns genauso liebst wie ich.«

Farben der Hoffnung

Müde streiche ich mir die Haare aus der Stirn und schaue auf den vor mir hängenden Fahrplan. Der Akku meines Handys hat längst aufgegeben und die Bahnhofsuhr über mir ist stehengeblieben, doch ich schätze die Uhrzeit auf etwa vier Uhr morgens. Zumindest sind wir gegen drei losgegangen und dann bestimmt eine Stunde durch die Nacht spaziert. Ich fast am einschlafen, Miika gedankenverloren und nicht ganz so erschöpft. Während des Laufens haben wir kaum geredet, ich habe nur seine Hand fest in meiner gehalten und bedauert, dass ich zu müde bin, um über die endlosen Wiesen zu rennen, die sich flach nach allen Seiten hin ausgebreitet haben.

Tja, und jetzt stehen wir in einem kleinen Dorf im Nirgendwo am Bahnhof, um uns herum nichts als ungewohnte Nachtgeräusche und schummrige Junidunkelheit. Früher habe ich geglaubt, dass es auf dem Land nachts gespenstisch still sein muss, aber das ist es nicht. Die Geräusche hier sind nur andere. Rauschende Bäume, quiekende Mäuse auf den Feldern und aufgeschreckte Rehe, die vor uns das Weite suchen. Ab und an ein vereinzeltes Auto, und alles begleitet vom konstanten Wellenrauschen. Wenn ich irgendwann genug von der Stadt habe, ziehe ich auf jeden Fall ans Meer.

Erstmal muss ich aber herausfinden, wie wir zurück ins Hotel kommen. Was nicht weiter schwer ist – uns bleibt nichts anderes übrig, als auf den Morgen zu warten. Zwischen zweiundzwanzig und sechs Uhr dreißig herrscht gähnende Leere auf dem Fahrplan, und ich bedauere es, dass wir das Angebot von Miikas Tante Tammy, bei ihr zu übernachten, nicht annehmen konnten. Doch da noch andere Familienmitglieder die Nacht dort verbringen und wir nicht länger als unbedingt notwendig mit ihnen unter einem Dach sein wollten, haben wir es abgelehnt.

»Der erste Zug fährt in circa zweieinhalb Stunden«, sage ich, drehe mich um und erschrecke, da Miika mit ausgebreiteten Armen und halbgeschlossenen Augen an der Gleiskante entlangbalanciert. Eilig gehe ich zu ihm, greife nach seiner Hand und sorge dafür, dass er nicht runterfallen kann.

»Danke«, murmelt er und schaut mich dann an. »Du siehst aus, als würdest du gleich einschlafen.«

»Und du siehst aus, als hättest du mehr als nur ›ein bisschen‹ Alkohol intus«, erwidere ich. »Aber mal im Ernst: Wie betrunken bist du?«

Seit Tammys Hochzeitsfeier gegen neun begonnen hat, habe ich Miika nicht ohne gefülltes Glas gesehen. Was mich verwundert, da ich normalerweise derjenige von uns bin, der angetrunken neben dem anderen durch die Nacht läuft. Ich bin es nicht gewohnt, dass Miika seine Gedanken im Alkohol ertränkt – wobei ich mir unsicher bin, ob er nicht die meiste Zeit am selben Getränk genippt hat.

Auf meine Frage hin seufzt er, lässt die Arme sinken und tritt von der Gleiskante zurück, ohne dabei meine Hand loszulassen.

»Ich spüre den Alkohol kaum noch. Der Spaziergang hierher hat mir gutgetan.« Langsam geht er ein paar Schritte, bevor er stehenbleibt und sich umschaut. Den Blick durch die Gegend wandern lassend, ergänzt er: »Mich stresst nur der ganze Tag extrem und es war am einfachsten, so zu tun, als sei ich zu betrunken, um irgendwas mitzubekommen. Ich habe nicht so viel getrunken, wie es ausgesehen hat.«

»Sicher?«, frage ich und kichere. »Als ich dir die Haare aus der Stirn gehalten habe, während du gekotzt hast, sah das anders aus.«

Er schneidet eine Grimasse. »Das lag nur daran, dass ich drei Stücke der Buttercremetorte gegessen habe, obwohl mir schon nach einem schlecht war. Aber das Essen hat mich abgelenkt.«

»Ach Miika«, seufze ich und drücke seine Hand. »Hättest du was gesagt, wären wir einfach früher gegangen. Du hättest dir das nicht stundenlang antun müssen, wenn es dir dabei so schlecht gegangen ist.«

»War schon in Ordnung«, sagt er auf eine Art, die mir zeigt, dass es das eben nicht war.

Obwohl die letzten Stunden auch für mich nicht unbedingt ein Highlight meines Jahres waren, wird mir erst langsam klar, wie sehr sie Miika belastet haben.

»Was machen wir jetzt, bis der Zug kommt? Tut mir immer noch voll leid, dass ich vergessen habe, eine Unterkunft zu suchen und alles in der Nähe ausgebucht war«, entschuldigt er sich.

»Ich hab doch auch nicht daran gedacht«, erwidere ich und stoße ihn sacht in die Seite. »Und lass uns zum Strand gehen und dort den Sonnenaufgang anschauen.« Ich deute auf ein grünes Schild am Ende des Bahnsteigs, auf dem das Meer mit etwas weniger als eineinhalb Kilometern Entfernung ausgeschildert ist.

»Sicher, dass du noch so weit laufen willst?« Zweifelnd schaut er mich an. »Wir sind seit bald siebzehn Stunden auf den Beinen und du siehst echt aus, als bräuchtest du dringend ein Bett.«

»Ja. Aber das Bett taucht auch nicht plötzlich vor mir auf, wenn wir hierbleiben.« Grinsend schaue ich ihn an und sehe, wie er die Augen verdreht. »Und die fünfzehn Minuten werde ich schon aushalten, vor allem wenn wir dafür den Sonnenaufgang über den Wellen beobachten können.«

»Wenn du meinst.« Miika zuckt mit den Schultern und dann gehen wir los, Hand in Hand, den grünen Schildern folgend.

»Bist du wach genug, um mit mir die letzten Stunden durchzusprechen?«, fragt Miika, nachdem wir das Dorf hinter uns gelassen haben und durch ein Wäldchen auf das an- und abschwellende Wellenrauschen zulaufen.

Ein bisschen gruselig ist die Dunkelheit mit all den ungewohnten Silhouetten ja schon, doch Miika geht so zielgerichtet voran, dass ich das Unwohlsein zurückdrängen kann. In wenigen Tagen ist Vollmond und der wolkenlose Himmel so hell, dass wir uns auch ohne Taschenlampen in der fremden Umgebung zurechtfinden.

»Ich denke schon«, antworte ich, denn obwohl mein Körper nach einem Bett verlangt, ist mein Kopf wach und versucht sowieso, all die neuen Eindrücke zu verarbeiten. Den Tag mit Miika zu rekapitulieren, klingt wie etwas, das wir beide brauchen.

»Bereust du es, die Einladung angenommen zu haben?«, stelle ich die Frage, die mir schon die gesamte Nacht durch den Kopf geistert. Umgeben von Miikas Familie habe ich jedoch nicht das Gefühl gehabt, mit ihm reden zu können, ohne dass jemand unerwünschterweise mithört.

Von Miika kommt ein sekundenlanges Schweigen, gefolgt von einem Kopfschütteln. »Nein, ich bereue es nicht. Es war gut zu sehen, dass alle am Leben sind und es ihnen soweit in Ordnung geht. Aber ich habe Tammy gegenüber ein schlechtes Gewissen.«

Laut Miika ist Tammy das einzige Familienmitglied, das sich nie an seiner Sexualität gestört und ihn im Gegenteil durchweg unterstützt hat. Sie hätte Miika mit offenen Armen bei sich aufgenommen, als seine Eltern ihn rausgeworfen haben, hätte er zu dem Zeitpunkt nicht schon zu große Angst vor Veränderungen und allem Unbekannten gehabt. So hat er sich, größtenteils auf sich allein gestellt, in seiner bekannten Stadt durchgeschlagen, anstatt einen Neuanfang am Meer zu wagen.

»Warum hast du ihr gegenüber ein schlechtes Gewissen?«

»Na ja, teilweise haben wir schon die Stimmung ruiniert«, murmelt er vor sich hin und entlockt mir damit ein frustriertes Schnauben.

»Nein, haben wir nicht«, stelle ich klar. »Ruiniert wurde sie von deiner Verwandtschaft, die sich geweigert hat, uns wie normale Menschen zu behandeln.«

»Egal, trotzdem hätte Tammy das an ihrem großen Tag nicht gebraucht. Ich glaube fast, manchmal hat sie es bereut, uns eingeladen zu haben.«

Meine Frustration wächst. Obwohl ich damit gerechnet habe, dass Miikas Selbstvertrauen nach diesem Tag zu bröckeln beginnt, tut es weh, dabei zusehen zu müssen. Innerhalb der letzten Monate ist er so gewachsen und hat gelernt, für sich und seine Wünsche einzustehen, weshalb ich es hasse, dass er gerade nicht sieht, dass nicht wir die Bösen sind. Trotzdem versuche ich, ruhig zu bleiben und meinen Frust nicht zu deutlich zu zeigen. Es hilft niemandem, wenn er sich von mir angegriffen fühlt.

»Ich denke, Tammy war sich bewusst, was ihre Einladung für Folgen haben kann. Aber so, wie ich sie kennengelernt habe, bin ich mir sicher, dass sie sich aktiv dafür entschieden hat, dich – beziehungsweise uns – einzuladen. Sie wollte dir zeigen, dass du nach wie vor zu ihrer Familie gehörst, egal, was alle anderen davon halten.«

Endlich verlassen wir das Wäldchen, folgen dem Weg durch die Dünen und kommen mit jedem Schritt dem Wasser näher.

»Hat es dich gar nicht gestört, wie sie uns angeschaut haben? Das Gerede hinter unserem Rücken? Die skeptischen Blicke, wenn wir mit den Kindern gespielt haben?«

Miikas Stimme klingt so gebrochen und verletzt, dass ich ihn am liebsten nehmen und mit ihm ins nächste Flugzeug nach Norwegen steigen würde, um ihm zu zeigen, was Familie alles sein kann. Er wirkt, als habe ein Teil von ihm gehofft, mit offenen Armen empfangen zu werden. Stattdessen hat es Getuschel gegeben, und die Ignoranz seiner Eltern und Geschwister muss verdammt wehtun. Noch nie hat Miika meine Hand so schnell losgelassen wie heute, noch nie hat er mir so selten beim Sprechen ins Gesicht geschaut.

»Für mich sind das alles fremde Menschen«, gebe ich vorsichtig zu. »Es tut nicht weh, da mir ihre Meinung nichts bedeutet. Ich ärgere mich über ihre Worte und Blicke, aber langfristig werden mir die schönen Augenblicke des Tages im Gedächtnis bleiben. Zum Beispiel dein Strahlen, als du Tammy begrüßt hast.«

Lächelnd denke ich an die Begrüßung der beiden zurück. An die lange Umarmung und den Stolz in Miikas Stimme, als er mich vorgestellt hat. An Tammys warmes Lächeln. An ihr: »Ich würde dich ja gern umarmen und auf meine Art in der Familie willkommen heißen, aber Miika meinte, dass du das nicht magst. Danke, dass du heute hier bist.«

»Hmmh«, ist alles, was er dazu sagt, und so gehen wir schweigend weiter, bis wir die Dünen hinter uns lassen und am Strand ankommen. Zielstrebig geht Miika auf das Wasser zu, zieht sich seine Schuhe und Socken aus, krempelt die Hosenbeine nach oben und watet ins seichte Meer.

Ich folge seinem Beispiel und erschaudere, als das kühle Nass meine Füße umfließt.

»Glaubst du, es ist zu kalt zum Schwimmen? Oder zu gefährlich?«, fragt Miika und schaut auf die endlosen Wassermassen vor uns. Noch ist der Himmel nur in unterschiedliche Blautöne gefärbt, doch am Horizont erahne ich den nahenden Morgen.

»Kalt ist es bestimmt, aber ich denke nicht, dass es gefährlicher als tagsüber ist.«

»Sicher? In der Dunkelheit lässt es sich viel schwerer abschätzen, wie weit das Ufer entfernt ist, oder nicht?«

Die Zweifel in seiner Stimme sind so deutlich, dass ich mir ein Augenrollen und einen Kommentar darüber verkneife, dass er seinem Einschätzungsvermögen mehr trauen soll. Stattdessen versuche ich, konstruktiv zu bleiben.

»Du könntest warten, bis die Sonne aufgegangen ist«, schlage ich vor. »Dann musst du nicht im Dunkeln schwimmen und kannst das Ufer im Blick behalten.«

»Klingt logisch«, meint er leise und ich kenne ihn gut genug, um herauszuhören, dass er mit den Tränen kämpft.

»Hey.« Ich trete näher, streiche ihm vorsichtig über die Wange und wische eine erste Träne aus seinem Augenwinkel. »Brauchst du eine Umarmung?«

Nickend schnieft er und lehnt sich gegen mich. Seine Schultern beben, und entgegen seinem sonst oft stummen Weinen, schluchzt er heute ohne Zurückhaltung. Fest liegen meine Arme um seinen Rücken, drücken ihn an mich und versuchen, ihm Wärme und Sicherheit zu geben. Die kalten Wellen um unsere Knöchel lassen mich frösteln, doch das ist gerade unwichtig.

»Sorry«, murmelt er gegen meine Schulter. »Ich habe mir das alles nur so anders vorgestellt. Danke, dass du mitgekommen bist.«

»Immer gern.« Egal, wie viele Blicke und Getuschel wir auf uns gezogen haben, lieber gehe ich mit ihm, als ihn allein an einem solchen Ort zu wissen.

»Wollen wir uns setzen?«, frage ich und streiche ihm durch die Haare.

»Ja«, sagt er leise, löst sich von mir und geht mir voran zu unseren am Strand zurückgelassenen Sachen. Unsere Rucksäcke als Kissen nutzend legen wir uns in den Sand. Über uns am Himmel funkeln Sterne, und ich wünsche mir, mehr Sternbilder als Cassiopeia und den Großen Wagen zu kennen.

»Wie hast du dir den Tag denn vorgestellt?«, frage ich, ehe ich mich im Anblick der Unendlichkeit über uns verlieren kann.

Mehrmals atmet Miika tief ein und aus, bevor er anfängt zu erzählen. Von seinen Eltern und Geschwistern, von schönen und schlechten Erinnerungen, Mut machenden und enttäuschenden Gesprächen. Wie sich im Verlauf seiner Jugendzeit eine immer stärkere Distanz zwischen ihm und seiner Familie entwickelt hat, bis er irgendwann nicht mehr mit auf Ausflüge und in den Urlaub fahren durfte. Dass es trotzdem überraschend kam, als er kurz nach seinem achtzehnten Geburtstag aufgefordert worden ist, auszuziehen.

In den vergangenen Stunden habe ich nicht versucht, mit seiner direkten Verwandtschaft zu reden, und sie haben mich genauso wie Miika ignoriert.

Als würde ihre Ignoranz irgendetwas an unserer Existenz ändern.

»Ich habe mir einfach gewünscht, dass sie erkennen, dass ich immer noch ich bin. Dass es egal ist, dass ich einen Freund statt einer Freundin habe. Ich habe gehofft, dass wir einander wiedersehen und all die Probleme zwischen uns vergessen können.«

Wieder atmet er tief ein und aus, lässt eine Pause, als müsse er seine Gedanken erst ordnen, bevor er sie aussprechen kann.

»Jetzt glaube ich, dass ich mir das aus dem Kopf schlagen kann. Vielleicht kann ich den Wunsch nach Versöhnung und das positive Bild, das ich trotz allem von ihnen habe, endlich loslassen. Wahrscheinlich nicht sofort, aber irgendwann. Im Verlauf der Nacht hat etwas in mir Klick gemacht: Sie werden sich nicht ändern. Es lohnt sich nicht, wenn ich ständig versuche, es ihnen recht zu machen. Sie bekommen doch sowieso nichts von den ganzen Versuchen mit.«

»Wow«, ist alles, was ich im ersten Moment sage und denke. Diese Worte aus seinem Mund zu hören, bedeutet mir die Welt und zeigt, wie weit er in den vergangenen Monaten gekommen ist. »Ich bin so stolz auf dich«, wispere ich ihm meine Gedanken ins Ohr und rutsche näher zu ihm. Ich lächle, als er seinen Kopf hebt und ihn wie so oft auf meine Brust legt. Aus Mangel an einer Decke breite ich unsere vorsorglich mitgenommenen Regenjacken über uns aus und halte ihn darunter fest. Grinse in den sternenübersäten Himmel und könnte platzen vor Zuneigung.

»Das letzte Jahr war echt krass«, wispert Miika, und ich kann ihm nur zustimmen.

»Du erinnerst mich kaum an den Typen, der aus dem Nichts auf meinem Dach aufgetaucht ist und dann nicht mehr gegangen ist.«

»Ist das gut?«, fragt er und klingt dabei so zaghaft, als sei er sich der Antwort wirklich nicht sicher.

»Ja! Ich mag dich so, wie du bist.«

Er kichert. »Und ich dachte, wir sind schon über ›ich mag dich‹ hinaus.«

»Ach ja?«, sage ich halb im Spaß und halb im Ernst. »Bisher haben wir es beide nicht ausgesprochen.«

»Aber wir wissen, dass wir das Gleiche fühlen.«

Mein Herz stolpert über seine Worte. Nicht, weil sie falsch sind, sondern weil mich die Selbstverständlichkeit überrascht, mit der Miika sie ausspricht. Dieses Vertrauen, das er in uns hat, ist mir schon ein paar Mal aufgefallen, aber nie so intensiv wie jetzt. Normalerweise würde ich denken, dass seine Offenheit an den Sternen über und am Meer vor uns liegt, doch diesmal glaube ich, dass das eine Seite von ihm ist, die er neu entdeckt hat.

»Ich bin mir zwar sicher, dass wir ziemlich ähnliche Gefühle haben, aber ich traue mich trotzdem nicht, sie in Worte zu fassen«, gibt er zu.

»Warum?«

»Weil es so verdammt viel bedeutet. Weil es alles und nichts ändert«, erklärt er. »Ich habe das noch nie ausgesprochen.«

»Ich auch nicht«, erwidere ich leise. »Zumindest nicht in einem solchen Kontext. Wenn es um platonische Gefühle geht, fällt es mir leicht, aber ich weiß, was du damit meinst, dass sich alles und nichts ändert.«

Miika hebt den Kopf, rutscht etwas zur Seite und stützt sich auf den Ellenbogen. Schaut mich an, wie ich auf dem Rücken liege, den Blick nicht mehr auf die Sterne über uns, sondern auf seine Augen gerichtet.

»Brauchst du es, dass ich es ausspreche?«, will er vorsichtig lächelnd wissen.

»Nein. Und du?« Herzklopfen begleitet meine Worte, so stark, dass es sich anfühlt, als würde mein Herz jeden Moment aus meinem Brustkorb ausbrechen.

»Gerade nicht. Mir reicht das hier.«

Sekundenlang grinsen wir einander an, halten unsere Blicke miteinander verschränkt, bevor Miika wieder zu mir rutscht und seinen Kopf zurück auf meine Brust bettet. Er muss hören und spüren, wie stark mein Herz schlägt, doch er sagt nichts dazu. Legt lediglich eine Hand neben sein Gesicht, flach und vorsichtig, bewegungslos verharrend.

»Miika?« Meine Finger finden ihren Weg in seine wuscheligen Haare. »Lass uns aber bitte nicht auf einen vermeintlich perfekten Moment warten, okay?«

»Gibt doch sowieso keine Perfektion«, stimmt er mir zu. »Das ist nur eine der wenigen Sachen, bei der ich lieber spontan vorgehen würde, anstatt es nach so einem Gespräch auszusprechen. Ist das okay?«

»Klar.«

Aneinandergekuschelt verfallen wir in angenehmes Schweigen, schauen in die Sterne und die Wellen, während wir darauf warten, dass die Sonne aufgeht.

»Wenn wir eine Sternschnuppe sehen würden, wüsstest du, was du dir wünschst?«, will Miika irgendwann wissen, und klingt, als habe die Müdigkeit inzwischen auch ihn eingeholt.

»Ja. Ich würde mir wünschen, dass das nächste Jahr in eine genauso positive Richtung verläuft wie dieses.«

»Manchmal kann ich kaum begreifen, dass wir hier sind. Zusammen. Wir hatten es beide nicht leicht in den letzten Monaten und haben es doch auf die Reihe bekommen. Ich glaube, ich bin inzwischen wirklich erwachsen geworden.«

Seine Worte sind leise und erinnern mich daran, dass ich erst vor wenigen Wochen eine schlechte Phase hatte. Dass auch ich nicht immer der bin, der ich gern wäre.

»Wir hatten es nicht einfach, aber für mich war es deutlich leichter als die Jahre davor«, stimme ich ihm zu. Meine Finger befinden sich noch immer in seinen Haaren, doch ich bin zu müde, um ihn zu kraulen.

»Echt jetzt? Ich dachte, das geht nur mir so.«

Seine Überraschung entlockt mir ein Lachen, wobei ich genau weiß, wie sehr er es liebt, mich lachen zu hören, während sein Kopf auf meiner Brust liegt.

»Klar. Du machst mein Leben einfacher, weißt du.«

»Hmmh.« Seine auf meinem Shirt liegende Hand beginnt abstrakte Muster auf meinen Bauch zu zeichnen. »Ich dachte nicht, dass ich einen Unterschied mache. Weil du ja auch davor schon dieses krasse Supportsystem aus unseren Herzensmenschen um dich hattest.«

Da ist er wieder, der in mir aufkeimende Schmerz, wenn ich realisiere, dass Miika sich selbst oft nicht genug Wert zuspricht. Er hat zwar intensiv an sich gearbeitet, doch vor ihm liegt noch ein langer Weg, bis er seine Selbstzweifel aus der Welt geräumt hat.

»Stell dir vor, du hättest im letzten Jahr nicht mich, dafür aber all unsere Lieblingsmenschen kennengelernt.« Ich gebe ihm ein paar Sekunden, in denen ich ein Flugzeug mit den Augen verfolge. Langsam bewegt es sich auf das zarte Rosa am Horizont zu, das die Vorfreude auf das Farbspektakel des nahenden Sonnenaufgangs in mir weckt. »Hättest du dich trotzdem nach einer Beziehung wie wir sie haben gesehnt? Oder nach einer ähnlichen?«

»Wahrscheinlich.«

»Wir brauchen mehr als einen Menschen an unserer Seite«, sage ich leise. »Die meisten von uns zumindest. Bei mir mag es etwas anders als bei dir gewesen sein ich habe schon vorher einige Herzensmenschen gefunden – aber das hat nichts daran geändert, dass ich mich nach einer Beziehung wie dieser gesehnt habe. Und sie zu haben, ändert alles.«

Erst als ich es ausspreche, wird mir klar, wie wahr diese Worte sind. Dieses Jahr war komplett anders. Positiv anders. Da war der vertraute Lauf meines Lebens –

Uni, Ferien, unsere Herzensmenschen, meine Familie – aber all das begleitet von der Gewissheit, Miika an meiner Seite zu haben.

»Kann ich dich was fragen?«, will er nach einem Augenblick des Schweigens wissen. »Also etwas, das wahrscheinlich offensichtlich ist, ich aber trotzdem gern von dir erklärt bekommen würde.«

Ich löse den Blick vom heller werdenden Himmel und schaue auf seinen Hinterkopf. »Natürlich.«

»Was ist ... anders, wenn du mit mir zusammen bist? Du hast nicht das Bedürfnis, mir körperlich nah zu sein, oder? Aber was genau unterscheidet unser Beisammensein dann von zum Beispiel dem mit Lee?«

»Meine Gefühle«, sage ich sofort, grinsend, da ein Teil von mir darauf gewartet hat, dass Miika sich irgendwann danach erkundigt.

»Aber du liebst them doch auch.«

»Ja, aber anders.« Schmunzelnd fahre ich durch seine Haare. »Schon vergessen: Ich verliebe mich, wie die meisten alloromantischen Menschen. Und das mit dem körperlich nah sein stimmt so nicht. Es ist ja nicht so, als würde ich die Nähe zu dir nicht mögen – fuck, ich liebe Situationen wie diese hier – ich fühle mich nur unwohl, was direkten Hautkontakt angeht.«

Mir fällt es nicht leicht, passende Worte für meine Gefühle zu finden. Ich will Miika einen möglichst detaillierten Einblick in meinen Kopf geben, will ihm zeigen, was in mir vorgeht.

»Ich bin dir gern nah, genauso wie all unseren Herzensmenschen, nur dass ich bei dir andere Dinge empfinde. Lange Zeit hätte ich es damit beschrieben, dass du die Person bist, die ich irgendwann heiraten, mit der ich eine Familie starten und ein Haus kaufen will. Aber seit ich mich von dieser Heteronormalität zu lösen versuche und herausgefunden habe, dass ich all das gar nicht wirklich brauche, passt der Vergleich nicht mehr.«

Lächelnd erinnere ich mich an die unzähligen Diskussionen mit Lee, durch die wir Stück für Stück verstanden haben, was wir uns von unserer Zukunft wünschen.

»Du bist einfach der Mensch, neben dem ich einschlafen und aufwachen will – und zwar nicht nur manchmal, sondern am liebsten jeden Tag. Vielleicht ist das der Unterschied: All das, was ich mit Lee oder unseren anderen Herzensmenschen ab und zu gern mache, will ich mit dir täglich tun. Ergibt das Sinn?«

Miika lässt sich Zeit mit seiner Antwort, und ich bin mir sicher, dass er meine Worte immer und immer wieder abspielt, sie auseinandernimmt und neu zusammensetzt, bis er sie in eine Reihenfolge gebracht hat, die er verstehen kann.

Schließlich lacht er leise. »Ja, ich glaube, das ergibt Sinn. Danke für die Erklärung.«

»Immer gern.«

Wir verfallen zum wiederholten Mal in dieser Nacht in einträchtiges Schweigen, sind einander nah und hängen doch unseren eigenen Gedanken nach. Innerlich fühle ich mich sicher und geborgen, hier im Sand, mit Miika an meiner Seite. Am Himmel über uns leuchten nur noch vereinzelte Sterne, die meisten wurden von den Sonnenaufgangsfarben verdrängt. Je heller es wird, umso mehr kleine Schleierwölkchen entdecke ich, die in knalliges Pink-Orange gefärbt sind, während der umliegende Himmel weiterhin größtenteils dunkelblau ist.

Das hier fühlt sich nach Unendlichkeit an, die heller werdenden Wolken über uns, die sanften Wellen vor uns und Miika ganz nah bei mir. Der Augenblick ist voller Frieden und unausgesprochenen Versprechen.

Irgendwann setzt Miika sich gähnend auf, streckt die Arme zur Seite und dehnt sich. Ich richte mich ebenfalls auf, ziehe die Beine an meine Brust und bette den Kopf auf meine Knie. Spüre die Erschöpfung in jeder Faser meines Körpers, aber freue mich, nicht in unserem winzigen Hotelzimmer zu liegen, sondern hier am Strand zu sitzen.

»Das sind richtige Hoffnungsfarben«, murmelt Miika irgendwann und lässt seinen Kopf an meine Schulter sinken. Ich bezweifle, dass das eine bequeme Position ist, doch wenn sein Körper genauso schmerzt wie meiner, wird ihm das egal sein.

»Hoffnung worauf?«, will ich wissen und betrachte dabei einen Schwarm kreischender Möwen, die vom Dorf her aufs Meer zufliegen, ein paar Sekunden über uns kreisen und sich dann auf dem Wasser niederlassen. Am Horizont entdecke ich ein Schiff, eventuell eine Fähre nach Skandinavien, vielleicht ein Containerschiff auf seinem Weg durch die Welt. Nicht nur der Himmel wird heller, unsere gesamte Umgebung scheint allmählich zu erwachen.

»Hoffnung darauf, dass alles okay wird.«

»Wird es.« Davon bin ich so überzeugt wie von kaum etwas anderem.

»Ich weiß.« Schmunzelnd hebt er den Kopf von meiner Schulter und streckt sich erneut. »Der Himmel lässt mich das nur gerade ganz fest glauben.«

Mit einem Nicken stimme ich ihm zu. »Vielleicht liebe ich Sonnenaufgänge deshalb so«, überlege ich. »Weil sie voller Zuversicht sind.«

»Kann sein. Denkst du, die anderen haben spontan Lust und Zeit, um herzukommen?«

»Was?«, frage ich, vom abrupten Themenwechsel überrascht und mit meinen Gedanken noch bei der Schönheit und Bedeutungskraft von Sonnenaufgängen. »Wer?«

»Lee, Gwen, Sora, Ari«, zählt Miika auf. »Der Roadtrip im Frühling ist zwar ausgefallen, aber hier würde es ihnen bestimmt gefallen. Ihr habt doch Semesterferien und ich zwölf weitere Tage Urlaub.«

Allmählich nimmt seine Idee in meinem Kopf Gestalt an. Ursprünglich sind wir nur für die Hochzeit hergekommen und wollten spätestens morgen Abend wieder zu Hause sein, aber warum nicht einfach unsere Pläne ändern? Denn wie Miika sagt: Wir alle haben Zeit und zurückgelegtes Geld, das für den verschobenen Roadtrip eingeplant war.

»Wir können sie auf jeden Fall fragen.« Nachher, wenn wir im Hotel sind und unsere Handys aufgeladen haben.

»Und falls sie nein sagen? Bleiben wir trotzdem hier?«

Seine Stimme ist bittend, und als ich zu ihm schaue, erkenne ich dieselbe Freude auf seinem Gesicht wie vor zwei Tagen, als wir vom Zug aus das erste Mal das Meer gesehen haben. Sehe die Aufregung, die Vorfreude auf weitere Stunden am Wasser, lange Strandspaziergänge und farbenfrohe Übergänge zwischen Tag und Nacht. Da ist nichts mehr von der Anspannung und Überforderung der Hochzeitsfeier zu erkennen, als habe er den vergangenen Tag schon zu seinen Erinnerungen gelegt und hinter sich gelassen.

»Dann bleiben wir trotzdem«, stimme ich zu und finde mich in einer stürmischen Umarmung wieder. Ich lache, hundemüde aber randvoll mit Glück.

»Danke.« Mit einem breiten Grinsen auf den Lippen löst er sich von mir. »Ich glaube, dann gehe ich jetzt schnell ins Wasser, um richtig wach zu werden. Kommst du mit?«

Lachend schüttle ich den Kopf. »Ganz sicher nicht.«

»Deine Entscheidung.«

Er zuckt die Schultern und grinst mich an, ehe er sich komplett auszieht und mit eiligen Schritten aufs Wasser zuläuft. Mit einem Schwarm Frühlingsgefühlen im Bauch schaue ich dabei zu, wie er in die Wogen rennt, erschaudert und trotzdem erst anhält, als er hüfttief im Meer steht. Für ein paar Augenblicke verharrt er beinahe bewegungslos, schaukelt lediglich ein bisschen im Takt der Wellen. Dann holt er tief Luft und taucht unter.

Allein der Gedanke daran, an seiner Stelle zu sein, lässt mich frösteln.

Prustend kommt Miika zurück an die Wasserober-
fläche, streicht sich die nassen Haare aus den Augen
und winkt mir zu, ehe er sich erneut in die Wellen wirft.
Er schwimmt ein paar Züge parallel zum Strand, bevor
er umdreht und wieder zurückschwimmt. So geht das
eine Weile, immer nur wenige Schwimmzüge parallel
zum Ufer, bis er genug von der Kälte hat und aus dem
Wasser kommt.

Mit einem Ächzen stehe ich auf und rolle mit den
Schultern, ehe ich Miikas T-Shirt nehme und den Sand
aus diesem schüttle, damit er es als Handtuch verwen-
den kann. Da ich über meinem eigenen einen dünnen
Pullover trage, schlüpfe ich aus diesem hinaus und dafür in meine Jacke hinein, sodass Miika etwas Warmes
zum Anziehen hat.

Dankend nimmt er das Shirt entgegen, trocknet sich
ab und stülpt sich meinen Pullover über den Kopf. Dann
grinst er.

»Jetzt habe ich Hunger. Großen Hunger«, erklärt er,
was mich zum Lachen bringt.

»Also gehen wir zurück zum Bahnhof und hoffen,
dass der Bäcker dort inzwischen offen hat?«, schlage ich
vor und erhalte ein eifriges Nicken als Antwort.

Miika rollt das nasse Shirt zusammen und stopft es
in seinen Rucksack, ehe er diesen aufsetzt und meine
Hand nimmt.

»Danke fürs Mitkommen«, meint er, als wir den
Strand hinter uns lassen und durch den Wald zurück
zum Dorf laufen.

»Zur Hochzeit?«

»Das auch«, erwidert er und lacht. »Aber eigentlich meinte ich das Meer. Am Bahnhof sahst du so extrem müde aus, dass es mir richtig leidgetan hat, dass wir noch weiterlaufen müssen. Obwohl es deine Idee war.«

Bei der Erwähnung meiner Müdigkeit gähne ich demonstrativ. »War echt schön. Und besser, als am Bahnhof zu warten. Wir müssen uns definitiv öfter gemeinsam Sonnenaufgänge anschauen.«

»Auf deinem Dach?«

Lachend drücke ich seine Hand. »Wenn du möchtest und hinterher wieder runterkommst, gern.«

»Bislang hab ich's immer geschafft«, erinnert er mich, wobei mir der Stolz in seiner Stimme nicht verborgen bleibt. »Aber lass uns die nächsten Sonnenaufgänge trotzdem hier am Meer anschauen, bevor wir zurück nach Hause müssen.«

Zustimmend nicke ich.

»Lass das hier der Anfang sein«, bitte ich.

»Wovon?«

»Der Anfang unserer Zukunft.«

Einen Moment ist er still, dann kichert er. »Und ich dachte, meine Hoffnungsfarben waren kitschig.«

Sacht stoße ich ihn in die Seite. »Halt die Klappe«, sage ich und grinse. »Du weißt genau, was ich meine.«

»Ja.«

Miika sagt nur dieses eine Wort, doch in ihm liegt die ganze Welt.

Freiheitsgefühle

»Spürst du das? So fühlt sich Freiheit an«, murmelt Rick mir ins Ohr, und obwohl ich genau weiß, was er meint, kann ich es nicht lassen, ihn zu necken.

»Ach ja? Ich dachte, das ist einfach nur der Sand unter meinen Füßen.«

Lachend festigt er seinen Griff um meinen Bauch, umarmt mich von hinten und legt den Kopf auf meine Schulter.

»Habt ihr heute noch vor, zu uns zu kommen?«, ruft Lee uns zu und winkt. Gemeinsam mit Sora, Ari und Gwen steht they in den Wellen, während Rick und ich es nicht einmal die Holztreppe zum Strand hinunter geschafft haben. Der bloße Anblick des endlosen Wassers hat mich so ergriffen, dass ich stehengeblieben bin und seitdem in die Ferne starre.

»Komm, lass uns zum Wasser gehen.« Ricks Lippen streichen flüchtig meinen Hals, ehe er die Umarmung löst, seine Hand in meine schiebt und wir gemeinsam die Treppe hinabsteigen.

Kurz darauf stehen wir neben unseren Herzensmenschen in den Wellen.

»Sand zwischen den Zehen und nasse Hosenbeine – so fühlt sich Freiheit an«, sagt Gwen und schaut entspannt in die Weite, betrachtet eins der Schiffe, die am Horizont entlang fahren.

Bei ihren Worten schnellt mein Kopf zu Rick, und

als unsere Blicke sich treffen, brechen wir beide in Gelächter aus.

»Da sind wir ganz deiner Meinung«, japst Rick ein wenig atemlos, als wir uns wieder beruhigt haben und von den anderen mit einem belustigten Kopfschütteln bedacht worden sind. »Wir finden auch, dass sich Freiheit genau so anfühlt.«

Glücksmomente

»Er sieht so glücklich aus, das macht mich selbst ganz happy.« Mit einer Eiswaffel in jeder Hand setzt Lee sich neben mich. »Schoko oder Erdbeere?«

»Erdbeere«, antworte ich und nehme them das rosafarbene Eis ab. »Und ich weiß, was du meinst. Er ist wie ein Kind, das zum ersten Mal am Meer ist und seine Freude nicht bändigen kann.«

»Ich glaube, daran bist du nicht ganz schuldlos. Noch vor ein paar Wochen hätte er sich nicht getraut, seine Freude auf diese Art zu zeigen. Du machst das mit Menschen, ist dir das bewusst? Du lässt sie einfach sie selbst sein und hilfst ihnen so dabei, sich zu mögen.«

»Meinst du?«, frage ich und lecke mir einen Klecks geschmolzenes Erdbeereis von der Hand. Heute ist es so warm, dass wir uns beeilen müssen, damit das Eis nicht davonfließt.

»Ich weiß das. Du bist seit dem Kindergarten mein bester Freund, Rick. Glaubst du echt, ich wäre schon so lang okay damit, ich selbst zu sein, wenn du nicht ständig bei mir gewesen wärst?«

Ich bin mir nicht sicher, ob Lee darauf eine Antwort haben möchte, weshalb ich them einen Arm um die Schulter lege. Einen Augenblick essen wir schweigend unser Eis, lassen die Beine über den Rand der Mauer, auf der wir sitzen, baumeln und schauen den anderen dabei zu, wie sie am Wasser miteinander reden. Da steht

Gwen mit einem so breiten Lächeln, als hätte sie für den Moment all die Sorgen um ihren Bruder verdrängt, die ihr so oft in den vergangenen Wochen den Schlaf geraubt haben. Daneben Ari, der wegen seines Studiums umgezogen ist und den wir deshalb nur selten zu Gesicht bekommen. Die beiden stehen am Strand, die bloßen Füße im Sand vergraben, doch außer Reichweite der Wellen, ganz anders als Sora und Miika, die die Beine ihrer halblangen Hosen hochgekrempelt haben und knietief im Wasser stehen.

Der Wind dreht und trägt das Lachen der vier bis zu uns. In mir wird es ruhig, als mir klar wird, dass Miika da unten zwischen meinen Herzensmenschen steht und komplett sorglos aussieht. Er strahlt mit den anderen um die Wette und scheint all die Zweifel und Tränen der letzten Monate hinter sich gelassen zu haben.

»Weißt du noch, dass wir uns vor ein paar Jahren Sorgen gemacht haben, was aus unserer Freundesgruppe wird, wenn einige von uns Partner-Personen haben? Ich wünschte, ich könnte unseren Vergangenheits-Wirs diesen Augenblick zeigen«, murmelt Lee und lehnt den Kopf an meine Schulter. »Wir hatten so eine Angst, dass wir uns aus den Augen verlieren, dass wir gar nicht auf die Idee gekommen sind, dass sich unsere neuen Lieblingsmenschen mit den alten anfreunden könnten.«

Schlaflos

»Was ist los?«, wispert Rick und dreht sich zu mir. Im schwachen Licht der vor dem Fenster stehenden Straßenlaternen kann ich seine Gesichtszüge nur grob ausmachen. Müde rutscht er näher zu mir, bis sein Gesicht an meinem Hals liegt.

Das Gefühl seines warmen Atems auf meiner Haut lässt mich erschaudern, doch ich genieße es, wie er seinen Arm um mich legt und mich an sich zieht.

»Weiß nicht«, murmle ich. »Ich kann nicht einschlafen. Die Luft ist so stickig.«

»Sollen wir das Fenster aufmachen?«, nuschelt Rick und erweckt den Anschein, als schlafe er mehr, als dass er wach ist. Hoffentlich war es nicht meine Ruhelosigkeit, die ihn geweckt hat. Hinter uns liegt ein anstrengender Tag und wir sind am Abend kaum eine halbe Stunde in unserem Zimmer gewesen, als die Ersten eingeschlafen sind.

»Wird es den anderen dann nicht zu kalt?«

»Die schlafen so tief, dass sie davon bestimmt nicht aufwachen werden.« Rick klingt so schrecklich müde, dass mein schlechtes Gewissen lauter wird. Vielleicht hätte er sich das Doppelbett besser doch mit Lee teilen sollen, dann würde ich niemanden vom Schlafen abhalten.

Als ich nicht antworte, löst Rick sich von mir und rollt zurück auf seine Seite des Bettes, ehe er aufsteht, zum Fenster geht und es öffnet. Kühle Regenluft weht ins Zimmer. Tief atme ich ein und aus und spüre, wie die Anspannung meinen Körper verlässt. Ich fühle mich leichter und sorgenfreier, so wie die letzten Tage am Meer, und nicht mehr eingesperrt in einem kleinen Hostelzimmer einer mir fremden Stadt.

Bevor Rick zu mir zurückkommt, bleibt er neben dem Doppelstockbett von Lee und Sora stehen. Er hebt ein heruntergefallenes Kissen auf, zieht Lees Bettdecke zurecht und streicht them durch die Haare.

Diesmal kriecht er direkt unter meine Decke, anstatt sich auf seine Bettseite zu legen.

»Besser?«, murmelt er und ich antworte mit einem schläfrigen Nicken. Kaum ist die Anspannung verschwunden, hat die Müdigkeit meinen Körper im Griff.

Wir kuscheln uns aneinander, wünschen einander eine gute Nacht und sind kurz darauf mit dem Geräusch des prasselnden Regens im Ohr eingeschlafen.

Freundschaft

»Bist du eifersüchtig?«, fragt Ari und stellt sich neben mich.

Verwundert schaue ich ihn an. »Auf wen?«

»Miika.« Mit dem Kinn deutet er auf den vor uns liegenden Strand, über den Hunde, fremde Menschen sowie Rick und Miika laufen. Hand in Hand und so unfassbar vertraut.

»Warum sollte ich ausgerechnet auf Miika eifersüchtig sein?«

»Weil du Rick plötzlich teilen musst. Du stehst nicht mehr unangefochten an der Spitze seiner Lieblingsmenschen.«

Mir entweicht ein entrüstetes Schnauben. »Wenn ich es irgendwem gönne, so viel von Ricks Zeit in Anspruch nehmen zu dürfen, dann ist das Miika. Ich meine, schau sie dir an. Die beiden sehen so verdammt glücklich aus. Außerdem ist Rick niemand, der alle anderen Menschen vergisst, sobald er sein Herz verliert.«

Lächelnd denke ich an die vielen Momente in den letzten Monaten zurück, in denen Rick sich Zeit für mich genommen hat. Wie er manchmal spät nachts in mein Zimmer kam und erklärte, dass er gern spazieren gehen würde, Miika aber bereits schläft. Wie er mich weiterhin fast überall mithinnimmt, und wir nun eben oft zu dritt unterwegs sind. Allmählich verstehe ich sogar, wie ich mit Miika umgehen muss, damit er sich nicht unwohl fühlt – ich würde sogar sagen, dass wir uns inzwischen richtig angefreundet haben.

»Ich bin froh, dass Miika ein guter Mensch ist. Es wäre nicht fair gewesen, wenn schon wieder jemand Rick das Herz gebrochen hätte.«

Aris Worte bringen mich zum Schmunzeln. »Wir alle können Rick das Herz brechen, das ist dir schon klar, oder? Miika genauso sehr wie du oder ich oder Gwen oder Sora. Rick liebt uns alle, und ich glaube fast, dass er mit einem von Miika gebrochenen Herzen besser umgehen könnte, als wenn wir ihm das antun.«

»So habe ich das noch nicht betrachtet«, gibt er zu, und ich knuffe ihn in die Seite.

»Lass uns einfach hoffen, dass das hier gut geht, ja?«

Urlaubsabschied

»Ich will nicht weg von hier«, flüstert Miika, den Blick sehnsüchtig aufs Meer gerichtet. Nebeneinander lehnen wir an der Reling des Museumsschiffes. Es ist unser letzter Urlaubsmorgen, in wenigen Stunden werden wir im Zug zurück nach Hause sitzen.

»Wir kommen wieder«, verspreche ich ihm und drücke seine Hand.

Lächelnd schaut er mich an. »Ich bin froh, dass alles geklappt hat. Dass wir echt so einen tollen Urlaub zu sechst auf die Beine gestellt haben.«

»Vor allem, nachdem wir so enttäuscht waren, als der Roadtrip ins Wasser gefallen ist.«

»Der wäre zwar bestimmt gut gewesen, aber hier am Meer zu sein ist schöner, als in die Berge zu fahren.« Miikas Blick wandert zurück zu den endlosen Wassermassen, als wolle er jeden Wellenberg in seine Erinnerung aufsaugen und nie mehr loslassen. »Kann ich heute Nacht bei euch schlafen?«, fragt er dann leise. »Ich will nicht plötzlich wieder allein sein.«

»Klar«, antworte ich überrascht, da ich mir sicher war, dass er nach den Tagen zu sechst erstmal seine Ruhe haben will. Wobei es gar nicht so abwegig ist, wenn ich genauer darüber nachdenke. In der WG haben wir schließlich auch unsere Ruhe und werden die Nacht zu zweit in meinem Zimmer verbringen. Ich weiß schon jetzt, dass wir den Abend über kaum miteinander reden, sondern gemeinsam schweigend die vergangenen Tage Revue passieren lassen werden.

»Danke.« Miikas Stimme ist über das Tosen des Windes kaum zu hören, doch er drückt meine Hand, bevor er tief seufzt und sich umdreht. »Komm, wir suchen die anderen. Langsam habe ich Hunger.«

Grinsend folge ich ihm, halte seine Finger fest umschlossen und weiß, dass ich umgeben von Menschen bin, die noch lange Zeit ein wichtiger Teil meines Lebens sein werden und mit denen sich jeder Ort nach zu Hause anfühlt.

Danksagung

Als ich im Juni 2021 innerhalb einer Nacht die Rohfassung von »Stimme der Nacht« runtergeschrieben habe, hätte ich nicht gedacht, dass daraus mehr als ein kurzer Text wird. Aber here we are, 1.5 Jahre später und mit einem ganzen Universum rund um Rick und Miika.

Das alles wäre nicht ohne die Unterstützung wundervoller Menschen möglich gewesen.

Ich danke

* Wendy für das tolle Lektorat. Du hast mich wohl am geduldigsten von allen bei diesem Projekt begleitet und dir verdanke ich es, dass die Geschichten zu dem geworden sind, was sie nun sind. Auch ein riesiges Dankeschön für die ganzen Klappentexte!
* Lisa und Mia von Author2Go. Ihr habt mich mit einem Premade überzeugt und mehr als ein Jahr später außerdem ein wundervolles Taschenbuchcover gestaltet. Ich kann nicht in Worte fassen, wie sehr ich es liebe!
* Elisa und Mimi von misa bookdesign. Während ich das hier schreibe, habe ich den Buchsatz noch nicht gesehen, doch ich bin davon überzeugt, dass ich ihn lieben werde. Danke für die erneute Zusammenarbeit!
* Karla für deine ganze Unterstützung, fürs Lesen, Rezensieren und all die lieben Worte der letzten Monate.

* Rea fürs Unterstützen, egal worum es geht. Danke für deine Sprachnachrichten in Podcastlänge und einfach alles.
* allen, die das Buch bis hierhin gelesen haben. Ihr seid der Grund, weshalb meine Geschichten nicht in Schubladen verstauben, sondern das Licht der Welt erblicken. Ich wäre euch sehr dankbar, wenn ihr ein paar Worte und eine Bewertung auf einer Plattform eurer Wahl (z.B. Amazon, Instagram, Thalia, ...) hinterlassen würdet. Damit unterstützt ihr mich sehr. Danke fürs Lesen!